D1929417

Für meine liebe Anna!

Herzlich!

Christl

Okt. 2002

Nachtvogeltage

Roman

Christl Greller

edition roetzer

ISBN: 3-85374-350-1

Printed in Austria by Rötzer-Druck Ges.m.b.H., Eisenstadt

KEINE IDYLLE

Felix und Margot kämpfen dieses ganze Buch über gegen sich, gegen den anderen, um den anderen, gegen Schatten, gegen Schemen und gesellschaftliche Vorurteile.

Die Protagonisten sind Konstruktion, so wie jedes Kunstwerk nicht Zufallsprodukt ist, sondern konstruiert ist aus Teilen, die der Realität entnommen sind. Insofern entspricht das literarische Kunstwerk vollkommen den Prämissen und ist dennoch neu und ungewohnt.

Hier wird gezeigt, dass keine Idylle wirklich jemals Idylle war, sondern dass Idylle ein Kniff ist, nach außen das Gesicht zu wahren - zumindest so lange es möglich ist. Eine Generation beginnt alt zu werden, überflüssig, ersetzbar, aber zum ersten Mal in der Geschichte ohne den gottgewollten versöhnlichen Abschied vom Leben. Margot und Felix werden Menschenmüll, unglücklicherweise werden sie sich im Laufe des Lebens dessen auch sicher.

Die ständig dazwischen geschobenen Rückblenden in Zeiten, da „die Welt noch in Ordnung“ war, zeigen, dass man diese Generation ein Leben lang angelogen und für blöd verkauft hat. Und die Gutgläubigen, die sich auf dieses Leben eingelassen haben, weil sie es ja mussten, stehen nun vor einer furchtbaren Warheit.

Dass sie die Wahrheit erkennen können, also erkenntnisfähig sind, beweist, dass für sie noch Hoffnung ist, ihr gelebtes Leben noch einmal - wenn auch schlecht, aber doch voll Wahrhaftigkeit - neu definieren zu können.

Ein Buch, dass ein Versuch ist, jener „verlorenen Generation, die 1945 gerade erst auf der Welt war und um die Jahrtausendwende am Tor zur Pension steht, ein Denkmal zu setzen, das wahrhaftig keines voll falscher Glorie ist.

Helmut Stefan Milletich
Generalsekretär des Österr. P.E.N. -Clubs

1

Warum öffnete sie schon wieder das Fenster und beugte sich hinaus, wo der Winternachmittag seinem Ende zuging? Felix konnte noch nicht auf dem Heimweg, schon gar nicht in Sichtweite sein. Ein paar Kinder kickten ihren Ball über die dünne Schneedecke des Fußballplatzes gegenüber, und auf der Straße gingen Leute vom Einkaufen oder von der Arbeit nach Hause.

Wenn Margot nach rechts sah, konnte sie diese Straße ein gutes Stück entlang sehen, wie sie sich zwischen den Wohnhäusern und Siedlungsgebäuden verlief. Nach links war nur wenig Aussicht. Die eigene Hausecke verdeckte die Kurve, mit der die Straße zu Einkaufszentrum und U-Bahn ausschwang. Am Morgen gingen alle Menschen in diese Richtung, und am Abend kamen sie aus dieser Richtung, verteilten sich von dem breiten Strang in die Verästelungen abzweigender Wege und Hauseingänge. Margot bedauerte, dass sie nach links so wenig Ausblick hatte, es war die interessantere Seite. Auch Felix musste von hier kommen, wenn es auch zu früh war, ihn zu erwarten.

Wenn Margot nachmittags von der Kanzlei nach Hause kam, war sie anfangs froh, die Wohnung leer und still vorzufinden nach der Konzentration, den Menschen, den vielen Zahlen und Worten. Doch nach einiger Zeit stimmte das Alleinsein sie traurig. Vielleicht war sie müde, vielleicht fürchtete sie unbewusst den Abend - jedenfalls wünschte sie Felix herbei, oft mit solcher Macht, dass es schmerzte. Wenn er rechtzeitig zu Hause war, war alles gut.

Felix war Gruppenleiter in einer Werbeagentur. Sein Heimkommen hing in erster Linie von Menge und Dringlichkeit der Arbeit ab. Aber leider nicht nur davon.

Sie schloss das Fenster, starrte weiter hinaus auf die heimkehrenden Männer und Frauen. Wer weiß, wann Felix kommen würde. Er hatte eine harte Zeit in der Agentur, sie spürte, wie er unter dem Druck der neuen Geschäftsleitung litt. Was er früher locker weggesteckt hatte, musste er sich nun abkämpfen. Bei ihr war es nicht anders, nur lag der Grund oft bei ihm.

Sich dieser Tatsache zu stellen, war schwierig. Doch wollte sie ihr Leben nicht mit Selbstmitleid verbringen. Langes Schmollen lag ihr nicht. Auch war ihr bewusst, dass ihre Kraft, ihr Lebensmut für zwei reichen musste. Sie zehrten beide davon, denn Felix´ Tank war leer.

Das Bild eines Tanks amüsierte sie, aber nicht lange, dafür war die Angelegenheit zu ernst. Felix´ Reservoir an Lebensfreude war nicht nur leer, manchmal schien ihr, es habe einen Riss, wo das, was an neuer Lebensfreude ihm zufloss, in kürzester Zeit versickerte. Schlamm war alles, was darin übrigblieb, Schlamm, der seine Seele - ein Seevogel an ölverseuchtem Strand - verklebte und erstickte.

Doch heute war nicht alles verloren. Am Telefon hatte er recht gut geklungen, offenbar war die Ideenpräsentation für die Verkehrsbetriebe gut über die Bühne gegangen. Margot sprach sich wieder Mut zu, richtete das Nachtmahl her. Für gewöhnlich war Felix völlig ausgehungert, wenn er nach Hause kam, überhaupt wenn er vielleicht mittags keine Zeit zum Essen gefunden hatte.

Die Dämmerung hatte zugenommen, in den Wohnungen war schon lange Licht gemacht worden. Margot begann die Jalousien in allen Zimmern herunterzulassen, eine Art Ritual, das die Welt allabendlich aussperrte. Im Wohnzimmer zögerte sie am längsten. Ganz langsam nur löste sie die Schnüre, hantierte herum ohne überhaupt hinzuschauen, den Blick unten auf der Straße, bekam die Blätter der am Fensterbrett stehenden Pflanzen zwischen die Finger, und schließlich polterte die Jalousie zwischen den Scheiben herunter. Sofort zog Margot sie wieder über Augenhöhe hinauf. Sie spähte angestrengt hinaus in die Dunkelheit, nach links, zumindest bis zur Hausecke, ob sie vielleicht, hoffentlich, Felix‘ vertraute Gestalt wahrnehmen konnte.

Sehnsüchtig blickte sie auf die Männer draußen, die ihre Aktentaschen nach Hause trugen, würdevoll, in dem Bewusstsein, etwas für ihre Familie getan zu haben. Ihr Gehabe schien zwar zum Teil Mitleid erregend, zum Teil lächerlich, doch nährte es in ihr die Vorstellung einer heilen Klischeewelt, von Geborgenheit, einer intakten Gemeinschaft. Hier kam ein Pfeiler der Familie. Die Tür wurde ihm aufgetan vom anderen Pfeiler der Familie, seiner Frau. Und während sie sich zärtlich und voll Hochachtung willkommen küssten, spielten um ihre Knie die Kinder. Und dann lebten sie zusammen glücklich bis an ihr Lebensende.

Margot atmete durch. Verlogene Märchenwelt. Dornige Gedankenspiralen, in denen man sich allzu leicht verfing. Die Zeit mit den um die Knie spielenden Kindern war vorbei. Das war es auch nicht, was ihre Sehnsucht erregte. Kinder durfte man bekommen, und man durfte ihnen behutsam helfen heranzuwachsen, mehr nicht. Nun machten Manfred und Matti eigene Erfahrungen in ihren Partnerschaften.

Aber das bedeutete nichts anderes, als dass Felix und sie wieder auf sich selbst zurückgeführt waren, auf ihre ursprüngliche Zweiergemeinschaft, seinerzeit inbrünstig ersehnt und doch kaum ausgelebt. Inzwischen hatte nicht nur ihre gegenseitige Zuneigung eine Entwicklung durchgemacht, sondern auch sie selbst. Man zog sich Verletzungen zu im Leben, seelisch und körperlich. Narben blieben zurück, man war nie wieder wie vorher. Je länger man lebte, desto mehr Verletzungen, schon von Kindheit an, außen wie innen. Narbengewebe war hart, es schmerzte noch nach Jahren, ob bei Witterungsumschwung oder bei Erinnerung.

Margot fand sich wieder am Fenster, die Lamellen der Jalousie gekippt, um hinausspähen zu können. Ihr Herz flackerte auf, wenn sie eine Gestalt sah, die Felix ähnelte. Außerdem - sie musste nicht gleich das Schlimmste fürchten. Auch andere Männer kamen spät nach Hause, unterhielten sich irgendwo in vielleicht derbfröhlicher Runde.

Sie rollte sich auf der Couch ein, drückte sich in die Polster, drehte den Fernseher auf. Anheimelndes Geplapper erfüllte den Raum. Aber er blieb leer. Vielleicht sollte sie lieber ihre Sachen für den nächsten Tag herrichten. Es war schon spät. Margot ertappte sich dabei, wie sie hektisch hin- und herschoss wie zur Ablenkung, zur Betäubung. Sie räumte das vorbereitete Nachtmahl wieder weg, stellte stattdessen eine Suppe auf den Herd. Es war das einzige, was Felix spätnachts eventuell - oft ohne es zu wärmen - hinunterschlang.

Sie zog sich aus, um zu Bett zu gehen. Mit diesem Abend war es vorbei. Selbst wenn Felix jetzt käme, wäre sein Zustand so, dass sie eine Begegnung fürchtete. Margot wurde immer schneller in ihren Hantierungen, floh endlich vor einem möglichen Zusammentreffen ins Schlafzimmer, wo sie sich schlafend stellen konnte.

Vor innerer Kälte zitternd lag sie im Bett, konnte kaum ihren Körper beherrschen. Schließlich stand sie auf, zog sich den alten Angorapullover und Wollsocken an und kroch wieder unter die Decke. Das half ein wenig. Die vertrauten Geräusche der Wohnung und der umgebenden Nachbarschaft hüllten sie ein, gelegentlich unterbrochen vom entfernten Knallen der Haustür mit ihrem harten Schließmechanismus, gefolgt vom Geräusch des fahrenden Aufzugs. Würde er in ihrem Stockwerk stehen bleiben? Wenn er höher hinauffuhr, beruhigte sie sich wieder. Es war ein Schwebezustand zwischen angstvoller Erregung und lähmender Erschöpfung. Währenddessen dämmerte sie ein.

Sie erwachte scharf und unvermittelt. Das Rehleder bezogene Messinghämmerchen der Standuhr hatte einen Halbstundenton geschlagen.

Margot war hellwach. Wahrscheinlich würde Felix jetzt kommen, sie spürte es oft im voraus. Über die Wand des Schlafzimmers wanderten die Lichter vereinzelt vorbeifahrender Autos. Die Standuhr tickte die Minuten vor sich hin. Plötzlich das Sperren des

Schlüssels im Schloss. Margot entrang sich ein tiefer Seufzer. Er war da. Gottseidank. Es war ihm nichts geschehen. Schuhe polterten auf den Boden, dann das Rinnen von Wasser. Nie - in welchem Zustand auch immer - würde es Felix unterlassen, beim Nachhausekommen die Hände zu waschen.

„Händewaschen!", schallte die Stimme der Mutter aus der Küche, Felix und Margot waren noch nicht einmal ganz die Stiege in den ersten Stock hinaufgekommen.

„Mutter, ich bitte dich!" Der Vater ungehalten aus der Stube. „Der Bursch ist zweiundzwanzig Jahre alt! Das ewige Ermahnen ist ja schon lächerlich."

„Männer muss man ihr ganzes Leben lang ermahnen", kam es zurück.

„Ich wasche ja schon!", rief Felix begütigend.

„Und du auch!" Die Mutter war aus der Küche gekommen, mit strengem Blick auf Margot, und band die Schürze ab.

„Guten Tag, Frau Eibesperger! Guten Tag, Herr Eibesperger!", sagte Margot.

„Guten Tag. Wenigstens seid ihr pünktlich da, was man nicht von allen sagen kann."

„Elmar wird auch gleich von der Kirche zurück sein, vielleicht hat er noch jemanden getroffen", meinte der Vater.

„Ja, seine Freundin, und die ist keine Gute. - Wenn er überhaupt in der Kirche war..."

Das Essen wurde aufgetragen, auch Felix´ Bruder Elmar war inzwischen eingetroffen. Voll Widerspruchsgeist versuchte er sich dem Händewaschen zu entziehen.

Die Mahlzeit verlief unerquicklich. Der Vater hätte gern vor Margot den Schein gewahrt. Felix versuchte mit Späßen einzulenken, und die Mutter fuhr fort, auf der unterlassenen Reinigung zu bestehen. Elmar, in seinen ungestümen Jahren, der an seiner Mutter gerade kein gutes Haar finden konnte, sprang auf. Der Stuhl polterte zu Boden.

„Krankhafter Waschzwang! Das ist es, was du hast!“, rief er mit umkippender Jungmännerstimme. „Immer willst du etwas abwaschen, abwaschen, abwaschen - wie eine Schuld!“ Er hatte das irgendwo aufgeschnappt. „Das ist doch nicht mehr normal!“ Fast brach er in Tränen aus und verschwand, indem er die Tür hinter sich zuwarf.

In die zurückbleibende Stille konnte selbst Felix keinen begütigenden Scherz mehr werfen. Der Vater räusperte sich. Margot sah über den Tisch hinüber zu der großen, strengen Frau, deren Augen voll Wasser standen. Ein Zusammenstoß mit mehreren Verletzten aus dem nichtigen Anlass des Händewaschens.

Margot hatte diese Gewohnheit immer sehr gut gefunden, es war ihr aber nicht gelungen, sie ihren Söhnen in der Weise einzuprägen, wie es ihrer Schwiegermutter bei Felix gelungen war. Dieser rumorte gerade in der Küche, löffelte wahrscheinlich ein wenig von der Suppe ohne sie zu wärmen. Schließlich kam er hereingetappt, an ihr vorbei, auf die andere Seite des gemeinsamen Bettes, warf sich darauf und schlief sofort ein.

Margot lag da mit offenen Augen und lauschte seinen erschöpften Atemzügen. Er roch nach verrauchten Lokalen und Alkohol, all dem, was von manchen als männlich angesehen wurde. Eine Männlichkeit, die so viel überschüssige Lebenskraft besaß, dass sie diese - zusätzlich zu Arbeit und Sex - noch mit Alkohol, Tratsch und Spiel abschöpfen musste. Der Mann an ihrer Seite aber schlitterte in eine solche Lebensweise hinein, weil er zu wenig Lebenskraft hatte. Das Bild, das sich formte, war gleich, die Ursachen verschieden.

Natürlich hatte Margot Felix auch Vorwürfe gemacht. Früher. Eine wie sie meinte verständliche Reaktion. Denn wie sollte sie mit einem Menschen zusammenleben, der ohne das geringste bisschen Rechenschaft seiner Wege ging und in einem Zustand nach Hause kam, der der Albtraum jeder Frau war?

Über die Jahre hatte Margot alle Varianten von Vorwürfen durchgespielt, vom entrüsteten „Sag einmal, was fällt dir eigentlich ein" bis zu verzweifelten Tränenausbrüchen, die aus ihrem tiefen Unglücklichsein entsprangen. Rückblickend glaubte Margot keine Spielart dieser - wie sie immer noch glaubte - berechtigten Vorwürfe ausgelassen zu haben. Aber was war der Erfolg gewesen? Nackte Aggression von seiner Seite, so dass sie in Panik den Mund hielt, allein schon auf Grund des Kraftunterschiedes. Vieles musste man lernen im Leben, und einer der erfolgreichsten Lehrmeister war die Angst.

Sie verlegte die Vorwürfe auf den nächsten Tag, wenn er wieder nüchtern war. Sie musste sie einfach loswerden, musste ihre Sorge um ihn, ihren Kummer über sein Verhalten artikulieren, um daran nicht zu ersticken. Es war ja nicht so, dass er vergnügt mit Freunden beisammen saß und eben - Noch ein Bier bitte! - hitzköpfig über Fußball diskutierte oder über irgendwelche Anekdoten lachte, die ein anderer über Chef oder Schwiegermutter erzählte. Felix benützte die Kollegen oft nur, um in irgendein Lokal zu fallen, trachtete dann, dass sie möglichst bald ihrer Wege gingen, und ließ sich - endlich allein - in das saugende Dunkel seiner Gedanken sinken, bis dieses über seiner Seele zusammenschlug.

Wie oft hatte sie, wenn er nicht nach Hause kam, zutiefst gewünscht: Hoffentlich hat er einen fröhlichen Abend. Wenn das wirklich der Fall war, wusste sie es in dem Moment, wo er zur Tür hereinkam.

„Engelchen", rief er schon vom Vorzimmer aus. „Bin da!"

Und dann folgte eine ausführliche Schilderung einschließlich aller erzählten Witze, bis er endlich im Bett lag und sie Hand in Hand einschliefen.

Aber sehr erfolgreich waren Margots Wünsche nicht, denn fröhliche Abende waren so selten geworden, dass sie sich an den letzten gar nicht erinnern konnte. Gerade diese zunehmende Freudlosigkeit, Freundlosigkeit, selbst gewählte Isolation machte sie unglücklich. Kein Wunder, wenn sie sich wenigstens am folgenden Tag Luft machte.

Zermürbt von den Auswirkungen des Alkohols, des fehlenden Schlafes und seines schlechten Gewissens zeigte Felix sich dann sehr zerknirscht. Er erniedrigte sich, bezeichnete sich als Versager, als wertlosen Menschen, den sie am besten nie kennengelernt hätte, küsste sie ununterbrochen ab oder versuchte sie an sich zu drücken, die doch nach dem Vorgefallenen weiß Gott keine Lust auf solche um ihre Gunst bettelnden Zärtlichkeiten haben konnte.

Seine Entwürdigungen, seine verbalen Selbstgeißelungen fand Margot schrecklich. So arg waren ihre Vorwürfe auch wieder nicht. Ein Mensch mit ausgeglichenem Selbstbewusstsein würde ihr entweder gelassen recht geben - oder widersprechen, weil es einfach so schön gewesen war oder was auch immer. Felix aber kroch seelisch auf dem Boden und demütigte sich in einer Weise, die Margot zu denken gab. Mit der Zeit kam sie zu dem Schluss, dass es nicht gut sein konnte, seinem mangelnden Selbstwertgefühl Bestätigung zu gewähren, seiner Selbsterniedrigung Vorschub zu leisten.

Von da an machte sie ihm keine Vorwürfe mehr.

Die Scheinwerfer der vorbeifahrenden Autos wanderten verschwimmend über die Schlafzimmerwand. Margot fühlte sich müde, aber erleichtert, dass Felix hier und in Sicherheit war. Nun konnte sie nach unruhigem Halbdämmer sich endlich dem Schlaf überlassen. Die Gedanken entglitten ihr, wurden taubengrau und durchsichtig... und sie lebten glücklich zusammen...bis an Schlafesende...

2

Das Autofahren am nächsten Morgen war Felix eine Last. Er fühlte sich ausgelaugt und hätte gewünscht, Margot würde fahren. Dann hätte er neben ihr noch etwas dahindämmern können. Doch sie hatte abgelehnt.

Gewöhnlich fanden Felix und Margot es schön, dass sie in der Früh gemeinsam fahren konnten. Meist gab es noch etwas zu besprechen, und wenn es nichts anderes war, als sich für den begonnen Tag Mut zu machen. Felix setzte dann Margot vor der Steuerberatungskanzlei ab, wo sie als stellvertretende Leiterin arbeitete, und fuhr weiter in eine Garage, die sie sich auf Grund des Parkplatzmangels zu leisten entschlossen hatten. Die Garage lag so, dass sowohl Margot als auch er kaum zehn Gehminuten zu ihr hatten. Wer immer nach der Arbeit über das Auto verfügen wollte oder musste, konnte es holen. Oder sie konnten sich dort treffen und gemeinsam nach Hause fahren.

Das war eher selten der Fall. Margot hatte, als die Kinder klein waren, einen Teilzeitvertrag angenommen und fuhr bereits am frühen Nachmittag nach Hause - außer zu den Zeiten, wo besonders viel zu tun war. Später hatte sie den Teilzeitvertrag beibehalten, denn nachdem die beiden Söhne herangewachsen waren, begannen die Eltern gebrechlich zu werden und bedurften mehr und mehr der Unterstützung und Pflege. Nun war nur mehr ihre Mutter am Leben. Sie wurde bei Margots Schwester gut versorgt. An zwei oder drei Nachmittagen pro Woche half ihr Margot dabei. Und mittlerweile machte es keinen Sinn mehr, dass Margot für ihre restliche Zeit im Beruf einen Ganztagsvertrag anstrebte.

So weit war es nun schon: Das Ende ihrer Berufstätigkeit in Sichtweite. Eine Überlegung, die Felix gar nicht einleuchten wollte. Sein Engelchen! Für ihn war sie immer noch einundzwanzig.

Da hatte man sich eingerichtet in einem Lebensabschnitt, war völlig darin aufgegangen. Aber wie andere Abschnitte auch hatte er einen Anfang und ein Ende. Ein Ende, auf das man nie einen Gedanken verschwendet hatte. Freilich, Felix war - wenn er bewusst nachrechnete - selbst älter geworden. Auch für ihn näherte sich die Zeit der Pensionierung. Aber gefühlsmäßig konnte er es nicht fassen. Wo waren sie denn geblieben, die Jahre? Nicht, dass er nicht genug erlebt hatte, aber innen fühlte er sich noch wie ein Kind. Es war die Zeit, in der er irgendwie hängen geblieben war, in die seine Gedanken ständig zurückfielen, deren Schönheiten und Schrecknisse er immer wieder durchlebte. Die Mutter. Der Vater. Sie trugen die Verantwortung wie ein schützendes Dach, darunter er sorglos umherschweben konnte. Ja - schwebend kam er sich vor, wenn er sich in seine Kindheit zurückversetzte. Und nichts war leichter als das, denn großteils dachte und fühlte, lebte er unverändert wie ein Kind, war vertrauensvoll, schelmisch, verängstigt, übermütig oder verzagt, ein Dorian Gray, der im Gegensatz zu der Romanfigur nur äußerlich alterte.

Genau diese Kindlichkeit gepaart mit dem Auftreten und der Erfahrung eines reifen Mannes machte einen großen Teil seines Charmes aus, mit dem er auch Margot nach so vielen Jahren immer wieder bezauberte. Gleichzeitig versuchte er unbewusst, jenes schützende Dach der Verantwortung wie seinerzeit von anderen tragen zu lassen und bürdete ihnen, allen voran Margot, damit eine große Last auf. Eine Last, die - wenn er sie selbst übernehmen musste - ihn fast erdrückte.

Von einer Sekunde auf die andere konnte seine Stimmung dann umschlagen. Alles in ihm war abgestorben, erstickt in der Asche der Jahre, die ihn von seiner Kindheit trennten. Und Erinnerungen züngelten auf, unauslöschliche Erinnerungen von Leid.

Er hatte es immer als Glück empfunden, dass sein zeichnerisches Talent ihn in die Werbung geführt hatte mit ihrer Herausforderung, ständig Neues zu bringen. Besonders in den Entwicklungsphasen war das spielerische Element nicht zu übersehen. Man arbeitete im Team, für ihn eine Art Urhorde, die Betätigungs- und Bestätigungsfeld war. Hier zur Spitze zu gehören, Verantwortung zu tragen, war errungene Ehre - nicht wie in der Familie automatisch ererbter Ernst.

Wenn sie im Kollegenkreis - wie es nicht nur bei Caspar, Berger &Co vorkam - abends noch in ein Lokal gingen, war das eine fröhliche Runde, und Felix, der bei guter Laune seine spitzbübische Seite durchblitzen ließ, war beliebter Mittelpunkt so mancher Schelmerei. Keiner ahnte, wie es bei ihm weiterging, wenn die anderen nach Hause gegangen waren und seine Gedanken - noch während des letzten Lachens - zurückfielen auf das, was nicht mehr existierte, aber gewesen war und nie wieder sein würde, ob schön oder nicht, ein schwindelerregender Sog in die Tiefen der Zeit, dem er wie unter Zwang folgte.

Nur Margot wusste Bescheid, sagte aber - meist - nichts. Felix sah sie während des Fahrens von der Seite an. Sie blickte wie unbeteiligt geradeaus und ließ ab und zu eine Bemerkung fallen. Ihr Gesicht war verschlossen, aber sie tat, als wäre alles in Ordnung.

Es war natürlich nichts in Ordnung. Felix war beschämt, gleichzeitig aber dankbar, dass sie nicht in ihn drängte. Es war ihm am nächsten Morgen nie alles eins, dass er sie hatte sitzen lassen, allein mit der gemeinsamen Arbeit in einem einsamen Abend. Aber weil es ihm unangenehm war, wollte er darüber nicht noch Vorwürfe hören.

Es war ein zweischneidiges Schwert, das wusste er wohl. Denn wenn sie ihm keine Vorwürfe machte, wie eben jetzt, kam er sich noch viel schlechter vor. Auch nahm sie ihm die Möglichkeit sich abzureagieren, wozu ihm ihre Vorhaltungen eine vermeintliche Rechtfertigung geliefert hätten. Zu viel Widersprüchliches ging gleichzeitig in ihm vor. Es war wohl alles ziemlich verfahren mit ihm. Er war nichts wert. Er hätte lieber gleich als Kind sterben sollen, aber sogar das war schief gegangen.

Er ließ sie in der Nähe ihres Büros aussteigen.

„Danke, dass du dich mit einem so geschädigten Menschen abgibst.“, murmelte er und küsste sie schuldbewusst auf die Wange.

Sie sah ihn an, bemühte sich, positive Worte zu finden.

„Du wirst sehen, es wird ein guter Tag.“, sagte sie schließlich, und es gelang ihr, Kraft und damit Glaubwürdigkeit in ihre Worte zu legen.

Felix atmete tief ein. Vielleicht war es auch ein Seufzer, aber keiner von der ganz verzweifelten Art. Er legt den Gang ein und fuhr wieder los, Reste von Schnee und Streusplitt unter den Rädern.

Sein Engelchen. Dass er ihr Kummer bereitete, bedrückte ihn. Obwohl: zwiespältig wie er war, begehrte er sofort dagegen auf. Es ärgerte ihn, dass er sich zwar nicht von ihr, aber wegen ihr ein schlechtes Gewissen bereiten ließ. ER hatte ja schließlich die Probleme, ER kämpfte mit der Sinnlosigkeit des Lebens, mit einer unendlichen Traurigkeit, die sich manchmal über ihn ergoss - dunkel, zäh und süßlich wie Melasse. Margot hingegen hatte ein angenehmes Naturell. Sie würde überall etwas Wunderbares entdecken - unabhängig von der tatsächlichen Realität oder Nützlichkeit.

Auf dem Weg zur Arbeit befand sich eine Fabrik, die eben abgerissen wurde. Die alte Rohziegelfront gegen die Straße zu ließ man als Staubschutz bis zum Schluss stehen. In der von drei großen Rundbögen geprägten Fassade befanden sich noch die alten Fenster, riesige angerostete Eisenrahmen, unterteilt in gleich große Metall gefasste Scheiben, von denen jede auf eine andere Art trüb oder blind war.

„Schau mal, schau dir das in diesem Gegenlicht an!“ Margot wies ihn begeistert darauf hin. Der durchfallende Glanz einer

schrägen Sonne verlieh den alten Scheiben den Zauber verwunschener Unschuld.

Felix war von dem unvermuteten Anblick überrascht und hingerissen. „Was du alles bemerkst!“

Den Blick nach innen gerichtet, sah er wenig von den äußeren Schönheiten des Lebens. Nun warf er beim Vorbeifahren immer einen Blick auf die alten Fabrikfenster. Aber sie waren erloschen.

Gedankenverloren betrat Felix das Bürohaus und fuhr mit dem Aufzug hoch. CB&C war auf zwei Stockwerke verteilt, wobei die Räume der Kreativen im Dachgeschoß lagen. In diesem Bereich war er für gewöhnlich der erste. Manchmal war sogar noch die Bedienerin da und wischte das letzte Stück Boden auf. Wenig später kam Gudrun, die unverzichtbare „Mutter“ der Agentur. Sie kümmerte sich um die Küche, den Einkauf, die Telefonzentrale. Eine ihrer ersten Arbeiten jeden Morgen war es, die Cola- und Kaffeeautomaten, Treibstoffzapfsäulen der Agentur, nachzufüllen. Felix rief ihr - oft ohne sie zu sehen - einen Guten Morgen zu. Das Scheppern der Cola-Flaschen riss die noch dämmrigen Räume aus ihrem Dornröschendasein.

Um diese Jahreszeit war es um acht Uhr noch ziemlich düster. Felix drehte die Lichter auf, schaltete beim Vorbeigehen Drucker und Kopierer ein. Noch strömten alle Dinge eine schläfrige Benommenheit aus, gaben Geräusche von sich, die wie erwachend klangen, wie Gähnen, Dehnen und Strecken mit knackenden Gelenken. Schließlich, aufgeladen und aufgewärmt, gingen sie in das geschäftige Summen ihrer Tagesbetriebsamkeit über, das die Agentur als Hintergrundgeräusch füllte.

Von den Atelierfenstern aus sah Felix auf die Stadt. Auf die dunkler werdenden Fenster, in denen nach und nach das künstliche Licht erlosch, auf den heller werdenden Himmel. Jeder Tag begann wie ein Versprechen - und am Abend hatte er das Gefühl, nichts davon sei eingelöst worden. Wie bei einem Zauberer, der in seinem Zylinder, seinen Ärmeln und Händen, alles Mögliche versteckte. Aber wenn er es nach und nach enthüllen sollte, war es eigentlich gar nicht da, verschwunden, weg, eine Illusion.

Er nützte die Ruhe vor dem täglichen Sturm, um die wichtigsten Fachzeitschriften durchzublättern. Was diese Branche an Fachzeitschriften ausstieß, stand in keinem Verhältnis zur Anzahl der darin Beschäftigten. Blätter über Blätter, oft aufwändig gemacht, stapelten sich wöchentlich auf den Schreibtischen, nationale und internationale, die man zumindest überflogen haben musste. Ein Jahrmarkt der Eitelkeiten und der Selbstüberschätzung, der Felix mit jedem Jahr mehr widerstand. Etats, Namen, Gesichter - ständig wechselnd von einer Agentur zur anderen, im Grunde ein geschlossener Kreislauf wie bei einer Zentralheizung. Darum kannte Felix auch viele, von denen er las. Irgendwann hatten ihrer aller Wege sich gekreuzt, bei einer Agentur, einem Kunden oder einer der unzähligen Veranstaltungen.

Sein Blick blieb an einer Überschrift hängen. „Redlich geht." hieß es da.

„Susanne Redlich, 38, hat nach fünfjähriger Leitung der Gestaltungsabteilung von „Denk-Bar" ihren Austritt aus der Agentur angekündigt. Sie will sich neuen Herausforderungen in einer internationalen Agentur widmen."

Felix hatte Susanne bei einer Podiumsdiskusion kennengelernt. Zu oft richtete sie sich, schien ihm, nach den Wünschen des Kunden. Es war eine Einstellung, über die man philosophieren konnte. Das, was der Kunde wünschte, war oft keineswegs das Beste für ihn. Doch war Werbung keine Selbstverwirklichung der darin Beschäftigten, sondern ein Dienstleistungsgewerbe. Und da hatte man dem Kunden trotz aller fachlichen Vorschläge auch zu Willen zu sein. Letztlich musste man in jeder Branche tun, was der Zahler wollte. Felix schob die Zeitung weg. Was ihn an der Redlich gestört hatte, war nicht diese ihre Meinung, sondern das verbale Niedermetzeln von Andersdenkenden, das Noch-eines-draufgeben, wenn jemand schon eingelenkt hatte, und der darauffolgende triumphierende Rundblick.

Nach und nach füllte sich die Agentur. Markus, der Bote, verteilte die Post. Gabi brachte Besprechungsprotokolle vom Vortag. Theres kam mit neuen Aufträgen und Briefings. Felix beugte sich zusammen mit einem Fotografen und Mario, dem Grafiker, über den Leuchttisch, um die Aufnahmen einer neuen Waschmittelpackung zu studieren. Die Packungsfronten waren alle gut ausgeleuchtet, nun ging es um die Nuancen der Schatten und Hintergründe. Anschließend besprachen sie das Inserat für die Einführung beim Handel, Mario nannte es schon „Die unendliche Geschichte". Er war ein humorvoller Mensch und nahm es gelassen, dass der Kunde immer erst an Hand der Agenturentwürfe seine Vorstellungen präzisierte, was zu einer endlosen Reihe von Änderungen führte. Felix bewunderte ihn insgeheim. Mario verstand es offenbar, die Ärgernisse der Arbeit in Respektabstand von seiner Seele zu halten. Das wollte er auch gerne können. Aber je älter er wurde, umso dünnhäutiger wurde er. Sein Toleranzspielraum, seine Frustverträglichkeit wurden ständig geringer. Alles traf ihn, betraf ihn, unmittelbar in seinem Innersten, wo schon frühere Verletzungen Wunden hinterlassen hatten.

Die Armbanduhr gab ein Signal. Er mußte zur Q.C., „Quality Clinic", einer Besprechung, in der Verbesserungsmöglichkeiten der Arbeitsqualität behandelt wurden. Der neue Geschäftsführer Schreiber hatte sie eingeführt, als Übergangslösung, wie er sagte, bis CB&C weltweit auf eine neue Struktur umgestellt würde. Der neue Besen machte seine Kehrversuche.

Felix hatte schon viele Umstrukturierungen erlebt. Die großen Bewegungen waren immer: Dezentralisierung aller Abläufe - mit einer Reihe handfester Begründungen - und nach angemessener

Zeit die Zentralisierung derselben Abläufe - mit ebenfalls handfesten Gründen. Vor allem einer Reihe von Posten internationaler Koordinatoren, die sich dadurch Reisemöglichkeiten und Einflussnahme verschafften. Im Rahmen dieser großen Zyklen spielten sich die kleineren Veränderungen ab, die häufig aus Neubenennung und gelegentlich neuer Zusammensetzung bekannter Organisationsformen bestanden. Die jetzt vehement propagierte Quality Clinic zum Beispiel hatte beim vorigen Geschäftsführer Creativity Circle geheißen und war nichts anderes als das, was noch früher unter Leistungsrunde gelaufen war.

Diese dauerte länger als angenommen und verlief in unangenehmer Atmosphäre. Schreiber war ein Mensch, der seine Größe daraus bezog, dass er andere klein machte. Damit begann jede Besprechung. Wenn er auf diese Weise die Proportionen - wie er meinte - ins Lot gerückt hatte, kam das Gespräch nach einiger Zeit in normales Fahrwasser. Abhängig davon, wie lange die Betroffenen brauchten, um sich von den Tiefschlägen zu erholen.

Als Schreiber gegangen war, blieben die anderen - umständlich Papiere und Sessel hin und herschiebend - kurz zurück.

„Mach dir nichts draus, Jochen." sagte Felix.

„Es gibt keinen, den es noch nicht erwischt hat." meinte der Leiter der Mediaabteilung, froh, dass es diesmal nicht ihn getroffen hatte.

„So ist er eben!" resignierte Karl, einer der Kontakter. „Aber eine Schweinerei ist es trotzdem. Und da soll man an der Arbeit Freude haben."

Der neue Besen hätte am liebsten alle Mitarbeiter des früheren Chefs hinausgekehrt, besonders die älteren, und er ließ sie es ununterbrochen spüren. Die Konkurrenz werde täglich härter, das erfordere kontinuierliche Anpassung. Die längst fällige Umstrukturierung werde frischen Wind in die Agentur bringen. Junges Blut solle die Mannschaft auffrischen, und dergleichen mehr.

Dann hatte er Jochen frontal angegriffen, und dieser war zu verblüfft und hilflos, um solcher Aggressivität gewachsen zu sein. Erst vor kurzem habe er und seine Mitarbeiter einen begehrten Werbepreis für die Agentur sichern können, brachte er in Erinnerung.

„Das war vor zwei Monaten, Herr Schindler. Und heute?" entgegnete Schreiber scharf. Er wusste genau: Jochen war weit über Vierzig. Er würde es schwer haben, zu einer anderen Agentur zu wechseln. Dass er die Arbeit hinwerfen würde, war also ziemlich unwahrscheinlich.

Schreiber selber war neunundfünzig, aber er war der Chef, der Geschäftsführer der Niederlassung, und das erst seit einem halben Jahr. Nur Mitarbeiter wurden zu alt. In den Chefetagen konnte man, Beispiele in allen Branchen zeigten es, auch mit Sechzig noch Karriere machen.

Zum Mittagessen war es zu spät. Felix bat Gudrun, zwei große Pizzaschnitten zu besorgen, und setzte sich mit Jochen in die Clubecke. Sie waren nicht gerade befreundet, aber sie hatten viel gemeinsam, auch ihre Stellung in der Agentur. Die Gliederung sah neben der Mediaabteilung zwei sogenannte Integrated Groups vor, jede davon praktisch eine komplette Kleinagentur. Es gab darin Kundenberater, Texter, Grafiker und als Vorgesetzte die Creative Group Heads. Diese Gruppenleiter waren Jochen und Felix.

Für Nachmittags hatte Felix ein Pre-Production-Meeting angesetzt. Er wollte verschiedene Fragen der Technik, der Abwicklung und der Requisiten mit der TV-Produktion klären, bevor das Treffen mit dem Kunden über die Bühne ging. Auch beim Casting sollte man bereits eine Empfehlung haben. Kein Detail durfte dem Zufall überlassen bleiben, bis zu der Frage, ob Ehering für die Hauptdarstellerin oder nicht. Für den Kunden, einen namhaften Erzeuger von Deodorants, ging es dabei um viel Geld, für die Agentur um ihren Ruf. Jedes von ihr gestaltete Werbemittel war eine Präsentation in der Öffentlichkeit. Längst hatte man - nach kurzer Mittagshelligkeit - das Licht wieder aufgedreht. Schneeflocken fielen vor schwarzem Hintergrund und zergingen auf den schrägen Scheiben der Dachfenster.

Endlich war alles so weit geklärt, dass man der Kundenbesprechung gut informiert entgegensehen konnte. Steifbeinig standen alle auf. Nach der Konzentration der vielköpfigen Besprechung fühlte sich Felix völlig ausgelaugt. Auch Polly, die Produktionsleiterin der Agentur, konnte nicht mehr. Sie wollte heim zu ihren Kindern. Das andere Projekt würde warten müssen.

„Machen wir das morgen." stimmte Felix zu.

„Nacht, Felix!" sagte jemand im Vorbeigehen. „Lass es nicht zu spät werden!"

Spät war es noch nicht, nur so dunkel. Dunkel, als wäre es mitten in der Nacht, was Felix´ Müdigkeit noch verstärkte. Nichts wie heim zu seinem Engelchen und in ihren Armen ins Bett sinken. Schlafen.

Als er vor die Tür des Bürohauses trat, musste er trotz Dunkelheit blinzeln. Es schneite stark und wässrig. Im kegelförmigen Licht der Straßenlampen ergossen sich die Schneeflocken wie Konfettiregen aus einem Füllhorn.

Felix stellte den Kragen hoch und ging mit eingezogenem Kopf Richtung U-Bahn, vorbei an den kleinen Lokalen, die hier die Straßen säumten. „Attaché", „Tritsch-tratsch", „Zum Herrn Karl" - nicht nur mittags von den Angestellten der umliegenden Büros, sondern auch abends gut besucht. Hinter den beschlagenen Fenstern verwischte Gesichter wie in einem zu schnell durch die Vorführung gezogenen Film. Es kam ihm vor, als winke ihm jemand von drinnen. Gut möglich, dass einer von den Kollegen, die schon früher Schluss gemacht hatten, da drinnen noch ein Bier trank. Suchend trat Felix ein.

Niemand war da, den er kannte.

Fremde Leute unterhielten sich im warmen Licht der abgeschirmten Lampen, rauchten, tranken etwas, kümmerten sich nicht um ihn. Er setzte sich in eine Ecke, bestellte ein Viertel Rotwein und ein Käsebrot. Die Geräusche von Geschirr, von plappernden Stimmen - nichts ging ihn etwas an. Er saß unter der gläsernen Glocke seiner Müdigkeit, die zunehmend trüb und dunkel wurde vor Traurigkeit.

Er wusste nicht genau, wie es weitergegangen war. Wahrscheinlich war er nach einigen Vierteln Rotwein eingeschlafen. Schließlich weckte ihn der Wirt, von dem Felix annahm, dass er wirklich Karl hieß und die Doppeldeutigkeit des „Herrn Karl“ ausnützte. Man merkte ihm an, wie unangenehm es ihm war, dass er den Gast ansprechen, stören musste.

„Verzeihung, der Herr. Wir haben jetzt Sperrstunde.“

Felix schob den Rest des vertrockneten Käsebrotes weg, zahlte und bat um ein Taxi. Ihn fröstelte.

3

Margot hatte Schluckbeschwerden. Als hätte sie einen Knoten im Hals, müsste daran vorbeischlucken.

„Vielleicht hast du mit der Schilddrüse zu tun“, meinte Felix. „Solltest du dir anschauen lassen!“

Sie gingen Hand in Hand die Alte Donau entlang, wie viele an diesem Wochenende. Die Schauer der vergangenen Woche hatten aufgehört. Es war klar. Die kalte Luft wirkte rein. Margot überlegte, dass einem im Winter die Luft immer sauberer vorkam, weil sich Gerüche in der Kälte einfach nicht so entwickelten. Es war ihr auch mehr oder weniger gleichgültig. Mit manchen Dingen musste man leben lernen. Felix regte sich jedesmal von neuem auf, zum Beispiel wegen Auspuffgasen.

Schlimm, wenn man schon wegen jedem Auspuff litt. Bei Unangenehmem trat er jede Kleinigkeit breit. Warum war er nicht genauso empfänglich für Positives? Selten, eigentlich nie, hörte sie ihn sagen:

„Mmhh... ein wirklich angenehmer Pfeifentabak, riechst du?“ - oder „Der Apfel - der duftet!“ - oder „Tolles Parfum war das jetzt, hast du´s gemerkt?“

Sie schluckte und würgte. Hoffentlich hatte sie wirklich nichts mit der Schilddrüse. Schon als Kind hatten ihr fallweise Schluckbeschwerden und Würgegefühle die Kehle zugeschnürt.

Schöne Wochenenden nützten ihre Eltern, um in der Umgebung der Stadt zu wandern. Margot freute sich, wenn es hinaus ging. Stolz, es mit neun Jahren den Großen gleichzutun, trug sie ihren kleinen Rucksack. Ihr Vater verstand es, die Ausflüge für die Kinder interessant zu machen. Wenn sie allein waren, zeigte er ihr und der kleinen Doris die Geheimnisse der Natur. Wenn sie - wie heute -

eine größere Gruppe waren, wurde gesungen und gespielt. Doris war diesmal bei der Großmutter geblieben, sie war für eine Wanderung auf den Anninger noch zu klein. Aber Margot marschierte freudig mit.

Märchenhaft kam ihr der ausgedehnte Wald vor. Sie hatte verschiedene Namen aufgeschnappt von Punkten, an denen man vorbeikam oder auch nicht: Breite Föhre, Maibründl, Krauste Linde... Namen wie Zaubersprüche. Sie verstärkten den Bann, der sie gefangen nahm.

Unter dem Dach der ausladenden Föhrenkronen geheimnisvolle Dämmerung. Die Schritte der keineswegs leisen Wanderer waren auf dem samtigen Boden kaum hörbar. Wie überall unter dichtem Nadelholz gab es fast keinen Unterwuchs. Die abgefallenen Föhrennadeln waren verwittert zu einem dicken braunen, unendlich weichen Teppich, der die Wege genauso bedeckte wie den übrigen Waldboden. Manchmal standen Steine hervor wie Knochen, groß und glattgeschliffen. Margot kletterte herum und sammelte Föhrenzapfen. Ganz große gab es da - sie nahm nur die schönsten, damit wollte sie zu Hause etwas basteln. Aber dann entdeckte sie ganz kleine. Die waren viel herziger. Die konnte man auch leichter tragen. Sie blieb stehen, um sie in ihr Rucksäckchen zu geben. Dabei sah sie sich um.

Ihre Mitwanderer, ihre Familie - verschwunden.

Eingesponnen in die Zapfensuche hatte sie den Anschluss verpasst, hatte die ausgelassene Gemeinschaft vorbeigehen lassen auf dem Teppich des jedes Geräusch schluckenden Nadelbodens, stand plötzlich allein, klein, unter dem Märchendom der Föhrenkronen. Das Schlucken fiel ihr schwer. Sie warf die kleinen dürren Zapfen hin und rannte in die Richtung, in die ihre Begleitung verschwunden war. In welche Richtung? Sie wirbelte herum. Der Waldboden sah überall gleich aus, ein Weg war schwer auszumachen. Die Schwarzföhren, obwohl ohne Unterwuchs, waren beängstigend dicht zusammengerückt und versperrten jede Aussicht. Sie rang nach Luft, doch ihr Hals war so eng, dass fast nichts hindurchkam. Das versetzte sie in Panik. Keine Luft, allein in einem verzauberten Wald, sie wollte nach ihrer Mutter rufen, doch ohne Atem unmöglich. Tränen rannen über ihr Gesichtchen, sie würgte, rang nach Atem, stolperte tränenblind in eine Richtung, die zufällig oder instinktiv die richtige war, sah schließlich zwischen den Stämmen die rote Jacke eines anderen Kindes.

Unendlich lang schien es ihr, bis sie - verzweifelt nach Luft ringend - die Gruppe wieder erreichte. Sie hatte Mühe, die Tränen hinunterzuschlucken. Nichts wollte vorbei an dem riesigen Knoten im Hals, der Luft- und Speiseröhre verlegte. Schließlich - sie wusste nicht, wie - verständigte jemand ihre Mutter. Plötzlich war sie da, kniete sich zu Margot nieder und nahm ihr kleines Mädchen in die Arme. Margot verbarg ihren Kopf, ringelte sich zusammen und presste sich an den Mutterleib, als wolle sie wieder zurück in den Schoß flüchten, in ein vorgeburtliches Dasein. Erleichtert weinte sie ihre Angst weg, bis sich auch der Knoten im Hals löste.

Als Erwachsener hatte man nicht diese Möglichkeit, mit seinen Bedrückungen fertig zu werden. Wie gern hätte Margot sich manchmal ihrer Mutter anvertraut, sich ausgesprochen, ausgeweint wie früher, aber sie tat es nicht. Sie konnte nicht einfach anrufen und die alte Mutter nun, nachdem sie ihr Jahre lang nichts gesagt hatte, mit ihrem Kummer überschwemmen. Sie hätte nach all der Zeit auch viel zu viel erklären müssen. Es war zu spät, damit anzufangen, zu spät, die alte Mutter in ihrem Gespinst aus lächelnden Erinnerungen zu stören.

Aber wann hätte sie damit beginnen sollen? Manche Entwicklungen begannen still und heimlich. Kleinweise schlichen sie sich ein. Man konnte nicht aus jedem Vorfall eine erzählenswerte Tragödie machen. Mit der Zeit und in der Summe ergaben die

Winzigkeiten ein Mosaik. Und dieses Bild wollte man nicht wahrhaben, hielt vieles dagegen. Doch nicht die historische Entwicklung, nur die Momentaufnahme zählte wirklich. Es hatte zäher Kämpfe mit ihr selbst bedurft, bis sie den Blick in brutaler Ehrlichkeit auf die Momentaufnahme ihrer Ehe gerichtet hatte: Ein älterer, seelisch kranker Mann mit einer älteren, davon beeinträchtigten Frau.

Ihrer Schwester konnte sie damit nicht kommen. Doris, die jüngere, würde nicht so viele Kompromisse machen wie sie selbst. Kompromisse, Überlebensstrategien, die sich ebenso kleinweise eingeschlichen hatten wie die Veränderungen an sich. Doris war viel radikaler. Über eine Bekannte sagte sie: „Ich habe noch verstanden, dass sie wegen des Kindes bei ihm geblieben ist. Aber jetzt, wo das Mädel aus dem Haus ist, besteht doch gar kein Grund mehr. Warum klagt sie, statt dass sie sich's ändert?"

Sie hatte solche Probleme nicht. Kurt war ein ruhiger Mensch, gutmütig und - Margot achtete natürlich auf so etwas - absoluter Antialkoholiker. Verblüffender Weise setzte er sich damit gegen jeden sozialen Zwang durch, trotz aller ihm nachgesagten Gutmütigkeit. Wie oft hatte Margot sich schon gewünscht, Felix hätte diese Kraft des Neinsagens, vor allem zu sich selbst.

Es war schwer, immer alles allein zu tragen.

Die Kinder schieden als Hilfe völlig aus. Margot bebte davor, dass sie etwas erfahren sollten. Sie hatte miterlebt, dass Menschen, die von Depressionen eines Elternteiles wussten, bei der geringsten Traurigkeit an Vererbung dachten. Das fand sie nicht gut, man ließ sich dann allzu leicht ins scheinbar Unvermeidliche fallen.

Wie weit die Kinder tatsächlich über Felix Bescheid wussten, blieb offen. Einerseits wohnten sie schon seit Jahren nicht mehr mit den Eltern zusammen, und Felix mied in kritischen Situationen sowieso jede Gesellschaft. Andererseits waren sie erwachsene Menschen, machten auch ihre Erfahrungen in Partnerschaften und waren nicht blind und taub für das, was im Elternhaus vorging. Manfred, der Heftigere, hatte schon einmal eine ätzende Bemerkung fallen lassen. Matti war diplomatischer. Jedenfalls war es - unabgesprochen - ein Tabuthema, und Margot zog so weit wie möglich den Eisernen Vorhang vor das Geschehen.

Der einzige, dem sie sich hie und da anvertraute, war Elmar, Felix´ jüngerer Bruder.

Elmar, der kleine Revolutionär. Der Aufbegehrende, das schwierige Kind. Er war ein tüchtiger, gradliniger Mensch geworden, sogar etwas einfühlsamer als die liebe kleine Doris. In den Weg stellen durfte man sich ihm immer noch nicht. Ungerechtigkeit bekämpfte er mit Klauen und Zähnen.Tatsächlich besaß Elmar beachtliche Klauen. Er trug seine Fingernägel - für einen Mann, das sah etwas seltsam aus - bemerkenswert lang, was mit ihrer außergewöhnlichen Härte zusammenhing, sonst würden sie ihm gar nicht so lang wachsen. Margot kannte nur noch einen Menschen, ihre Freundin Hanni, die so auffallend starke Nägel besaß. Auch sie war eine Kämpferin mit gehörigem Durchsetzungsvermögen.

Margot besah ihre Nägel, die wurden einfach nie so lang. Immer brachen sie weg, zu manchen Zeiten mehr, zu anderen weniger. Es bestand ein Zusammenhang - sie war sicher - zwischen der Durchsetzungskraft eines Menschen und der Ausbildung seiner Nägel.

Mit Elmar konnte sie über Felix reden, wenngleich sie sich hütete, ihn allzu viel zu beanspruchen.

„Er wollte es immer allen recht machen. Immer Ausgleich, nur keine Konfrontation. Das ist etwas, was ich erst gar nicht versucht habe“, beschwor er die Bilder ihrer Jugend.

Die Mutter trieb die Kinder die Stufen hinunter in die Souterrainwohnung. Sie war aufgebracht. Die Hausbesorgerin, eine primitive Person in Halbgott ähnlicher Stellung, hatte sie angeflegelt und sie beschuldigt, die Buben hätten ihre Blumen ausgerissen, ruiniert.

Der kahle Innenhof des Zinshauses mit seinem Boden aus zerbrochenen Pflastersteinen und schmutzigem Kies beherbergte neben den Mistkübeln nur eine alte Kastanie, deren Krone über die Mauer dieses Hofes hinweg noch im Nachbarhof Schatten spendete. Am Sonnenrand dieser traurigen Mauerlandschaft hatte sich die Hausbesorgerin ein Blumenbeet anlegen dürfen. Dieses Privileg hatte sie sich zäh bei der Herrschaft erkämpft. Kleinweise schleppte sie Kies und Steine in einem Kübel weg, lockerte den Boden so weit möglich, legte aus den schöneren Steinen, die sie aufgehoben hatte, eine einfache Beeteinfassung. Einmal, nur ein einziges Mal hatte ihr Mann geholfen. Er kannte einen Arbeitskollegen mit einem Schrebergarten. Von dort brachte er auf einem geborgten Handwagen etwas bessere Erde zum Aufschütten für die Blumen. Wahrscheinlich - vermutete die Hausbesorgerin - hätte er auch das nicht getan, hätte der Arbeitskollege außer Blumenerde nicht noch selbstgebrannten Hollerschnaps gehabt.

In diesem sechzig Zentimeter breiten und drei Meter langen Garten Eden pflanzte und säte sie und legte alle Liebe hinein, die ihr sonst nirgends abverlangt oder zumindest schlecht gelohnt wurde.

Es war Frühsommer, und die Marienglockenblumen standen in voller Blüte. Weiß, rosa und porzellanblau präsentierten sie ihre großen Blüten, die gar nicht wie Glocken, sondern wie Becher geformt waren. Elmar in seinem grau ummauerten Kleinkinderdasein hatte solche Blumen, vor allem so riesige Blüten noch nie gesehen. Die Becher waren fast so groß wie seine Händchen. Vorsichtig drehte er einen davon um und schaute hinein. Drinnen schwebte eine zarte, dreigegliederte Narbe hoch über gelben Staubgefäßen.

Felix, der bald schon in die Volksschule gehen würde, war dabei, mit Kieselsteinchen die aufgemalte Hausnummer auf dem Mistkübel zu beschießen. Die Stille seines sonst unüberhörbar lebhaften Bruders machte ihn stutzig, auch er wandte sich den Blumen zu. Wortlos übertrug sich das Wunderbare.

Leider, da die fragilen Blütenbecher hinunter zu wuchsen, passierte es, dass einer davon beim vorsichtigen Hineinschauen abbrach - trotz aller ehrfürchtigen Behutsamkeit, die die Kinder - wer von ihnen war es nur? - beim Hochbiegen anwandten.

Die große rosa Glocke fiel zu Boden.

Als hätte sie dabei einen zerberstenden Klang von sich gegeben, war die Hausbesorgerin schon am Fenster. Sie schrie durch die Gitterstäbe, tobte in den Hof hinaus, die Kinder - stumm alles einziehend, was sie einziehen konnten - wünschten die Mutter herbei, die schon herbeigeschrieen war, beschimpft wurde als Landpomeranze, erniedrigt wurde, nicht wusste, worum es ging. Kaputt - was, wie? Da lag ja bloß eine Blüte.

Da lag Herzblut, hingemordet, hingeschlachtet von Barbaren.

Barbaren, die nicht wussten, was das war, wie ihnen geschah, gewitterstürmisch herausgerissen aus der Verzauberung, von der Mutter hinuntergetrieben in die Wohnung.

„Marsch, in die Ecken, niederknien, ich werd euch geben!“

Diese Stille. Nur ein einziger Schluchzer entrang sich der Mutter. Sie war streng. In der Ecke Knien war die von ihr verhängte Hauptstrafe, denn schlagen wollte sie die Kinder nicht. Sie war nicht sicher, was oder wieviel die Kleinen überhaupt angestellt hatten. Die Hausbesorgerin konnte nicht im Ernst wegen einer einzigen Blüte ein solches Theater machen. Vielleicht war noch etwas gewesen, das sie nicht wusste. Wie auch immer: Sie strafte die Kinder nicht wegen irgendwelcher vielleicht begangener Untaten, sie strafte sie wegen der ihr dadurch zugefügten Erniedrigung. Gleich waren hinter den Fenstern die neugierigen Blicke der anderen Mieter aufgetaucht, vor welche rasch die Vorhänge gezogen wurden. Die Hausbesorgerin sah auf die Mutter herab, weil sie vom Land war, und beschwerte sich sowieso ständig über die Kinder. Das sollten sie büßen.

Felix wetzte in der Ecke hin und her. Knien war unangenehm. Er ahnte, was die Mutter hören wollte: Entschuldigungen, Versprechen, Selbsterniedrigungen, um ihre eigene Erniedrigung wettzumachen. Und er lieferte das Gewünschte, um sich aus der misslichen Lage zu befreien.

„Entschuldige, liebe Mutter, ich werde es nicht mehr tun“, sagte er.

Sie brauste auf, war nicht zufrieden.

Er senkte den Kopf wie beim Pfarrer und betete sein Sprüchlein herunter.

„Ich weiß, ich habe mich schuldig gemacht, ich bitte um Verzeihung, ich werde es nie mehr tun.“

Es gab eine Hin- und Herverhandlung, bis der Mutter die wechselseitige Schmach ausgeglichen schien. Dann ließ sie ihn aufstehen. Und Felix hasste sie. Hasste auch den Lieben Gott dafür, dass er das alles zuließ.

Der kleine Elmar in seiner Ecke sagte kein Wort. Die Knie taten ihm weh. Dann taten sie unendlich weh. Dann spürte er sie nicht mehr. Tag und Nacht wäre er dort knien geblieben, die rosige Unterlippe ein klein wenig vorgeschoben. Die Mutter schalt ihn bockig und schimpfte immer nervöser auf ihn ein. Schließlich musste sie ihn selber auffordern aufzustehen.

„Ich hätte mir eher die Zunge abgebissen, als zu Kreuze zu kriechen.“ Elmar machte eine gedankenvolle Pause. „Trotzdem - Felix ist nicht von Natur aus ein sanfter Mensch. Er fügt sich nur scheinbar. Und dann ärgert er sich darüber, ist unglücklich - oder schlägt um sich.“

Helfen konnte Elmar freilich auch nicht, aber es war gut, dass Margot sich bei ihm manchmal aussprechen konnte.

Die vergangene Woche war nicht gut gewesen. Nun, fremd und ein wenig unbeholfen im normalen Umgang mit einander, tasteten sie sich wieder an ihre Beziehung heran. In ungezählten Nächten grüblerischer Schlaflosigkeit war Margot zu dem Schluss gekommen, dass sie nicht tun durfte, was andere Frauen vielleicht ausgekostet hätten: Ihm ein schlechtes Gewissen machen. Ein schlechtes Gewissen rächte sich an dem, der es erzeugte, auf Dauer ebenso wie eingeforderte Dankbarkeit. Es war ganz klar, dass keiner in dem Zustand ewiger Dankbarkeit oder schlechten Gewissens verweilen wollte. Dass es zu Auflehnung kommen würde.

Aus dieser ihrer persönlichen Schlussfolgerung - und um seine zerstörerische Selbsterniedrigung nicht noch zu provozieren, unterließ sie es, auf seine Ausfälle Bezug zu nehmen. Es waren Tage der Krankheit, die man trauriger Weise zur Kenntnis nehmen und durchleben musste. Aber man sollte sich nicht in sie verbohren. Margot fand es auch für ihr eigenes seelisches Überleben besser, an die guten oder zumindest normalen Tage ihres Zusammenseins anzuschließen. Manchmal, wenn sie ihre Gedanken und Handlungsweisen von außen beobachtete wie die einer Fremden, war sie verwundert, auf welche Tricks und Überlebenstaktiken sie verfiel, um dem Druck dieses zweiten aufgelasteten Schicksals standzuhalten.

Da war natürlich ihr unbändiger Wille. Wann immer sie - in sich hinein horchend - im Laufe der Jahrzehnte nach den Sinn ihres Lebens, nach ihrer persönlichen Aufgabe geforscht hatte, hatte sich ihr dieselbe Antwort offenbart: Dieser Mensch, dieser eine Mann.

Es war eine Aufgabe, mit der sie wachsen musste. Jedes Jahr schien sie noch etwas härter zu werden. Vielleicht deshalb, weil Margot selbst älter und müder wurde. Felix fehlte der warme Schein der Lebensfreude. Nachtvogeltage hielt das Leben für ihn bereit,

Tage so dunkel, dass Nachtvögel durch sie glitten, lautlos, auf federweichen Schwingen. Margot wünschte nichts sehnlicher, als ihm einen hoffnungsvollen Ausblick zu geben, eine behutsame Leitung, einen Silberstreif. Oft meinte sie, alle Bemühungen seien vergeblich. Aber manchmal schien seine Traurigkeit gebremst oder eine Verbesserung einzutreten.

Gut war es, wenn es hell war und die Sonne schien, wie nun, Sonntag mittag an der Alten Donau. Felix suchte jedes Plätzchen, wohin die Sonne fiel, blieb sofort stehen, wandte sein Gesicht mit geschlossenen Augen dem Licht zu, und dieses Gesicht strahlte. Ohne Sonne verfiel er, war auf die Hälfte reduziert. Die winterliche Dunkelheit, die frühen Abende konnte er kaum verkraften. Wie eine Motte folgte er der Helligkeit und Wärme ins nächste Lokal, schaffte oft nicht den Weg bis nach Hause.

Margot würde sich, hätte sie diese Probleme, auf dem schnellsten Weg nach Hause FLÜCHTEN. Zwischenstationen verlängerten doch nur die Qual, machten überhaupt keinen Sinn. Sie hatte ihm schon oft angeboten, ihn abzuholen. Jeden Tag würde sie auf Anruf sofort ins Auto springen und ihn von der Agentur abholen, ohne Rücksicht auf ihre eigene Zeiteinteilung oder Müdigkeit. Darauf ließ sich Felix aber nicht ein. Ja, einmal abholen war nett und bequem. Aber öfter - oder gar regelmäßig, das war ein Korsett. Er wollte immer irgenwo und irgendwie aus können.

Mit Schrecken erinnerte sie sich an die Sauna-Blocks, die sie genommen hatten. Jeden Montag Sauna - so wollten sie etwas für ihren Kreislauf tun. Montag Abend war ein guter Termin, man hatte schon zu Beginn der Woche einen Gesundheitsbonus. Öfter als zwei-, dreimal hintereinander war Felix allerdings nicht hinzubekommen. Dann streikte er, schob irgendeinen fadenscheinigen Grund vor, um nicht mitgehen zu müssen. Oder tauchte einfach unter und entzog sich auf diese Weise.

Manchmal wurde Margot zornig über diese mangelnde Disziplin. Ja, Disziplin, vor allem Selbstdisziplin. Ein heute für unzumutbar angesehener Begriff, militant angehaucht und daher tabuisiert. Man durfte ihn gar nicht in den Mund nehmen, geschweige denn von jemandem verlangen. Wieder einmal war Margot alleingelassen, denn natürlich konnte sie Felix mehr Selbstdisziplin ans Herz legen, hatte es auch getan. Er würde - in einsichtigen Momenten - zustimmen. Doch innerlich konnte er es nicht erfassen. Seine Antennen dafür waren irgendwo zwischen jetzt und seiner Geburt verlorengegangen.

4

Felix kam aus dem Technikraum. Er hatte aus einem Dreißig-Sekunden-Werbespot drei verschiedene Varianten mit nur fünfzehn Sekunden Länge zusammengespielt. Jetzt, da die Werbebotschaft durch den Dreißiger zum Großteil bekannt war, konnte man mit fünfzehn Sekunden, bestehend aus Kernsätzen und wichtigsten Bildelementen, die Erinnerung wachhalten. Das sparte dem Kunden die Hälfte der Einschaltkosten, und die gingen in die Hunderttausende.

Er trabte die Stiegen hinunter in den siebenten Stock, um Schreiber die verschiedenen Versionen vorzuführen. Sie waren für einen Kunden bestimmt, der bei jeder Besprechung aus Prestigegründen die Anwesenheit des Agenturleiters wünschte.

Schreiber war nicht im Zimmer.

Felix legte ihm die Cassette auf den Schreibtisch neben ein Schreiben mit dem Briefkopf von CB&C International.

„Dear Konrad", stand da.

„Die Umstrukturierung der Agentur weltweit sollte bis Ende des ersten Quartals durchgeführt sein. Die Bestellung von Susanne Redlich zum künftigen alleinigen Creative Director hat unsere Zustimmung gefunden, ebenso Karl Jekovsky als Head of Client Service..." Und so weiter und so fort, der Rest verschwamm Felix vor den Augen.

Er empfand ein seltsames Gefühl im Magen, hohl, aber gleichzeitig schwer. Er rührte den Brief nicht an. Er ging hinaus.

Vielleicht war alles gar nicht wahr. Vielleicht war da gar kein Brief gelegen. Es war doch alles wie sonst. Gudrun öffnete in der kleinen Küche gerade den Geschirrspüler, räumte die Schalen noch dampfend in den Schrank. Markus meldete an der Rezeption, wohin er als nächstes fahren würde. Mario bestellte schwarze

Präsentationskartons, denn die Vorräte gingen dem Ende zu. Theres teilte mit, dass die Termine für die Feuerzeug-Präsentation leider vorverlegt worden waren. Vorverlegt - das war „angenehm". Die ganze Einteilung war beim Teufel. Aber so war es eben, das Geschäft.

Wie benommen von der dumpfen Leere in ihm ging Felix nochmals in die Technik, um eine Tonaufnahme von Babygeräuschen zu duplizieren. Eine Vorsichtsmaßnahme, falls die Cassette beim Kunden verlegt würde. Polly saß an irgendwelchen Schaltern und fluchte.

„Da ist der Wurm drinnen! Ein Wackelkontakt oder eine Fehlschaltung, ich weiß nicht. Jedenfalls fällt alle paar Stunden eine Sicherung aus."

Die komplizierte Verkabelung musste von einem Fachmann kontrolliert werden. Felix telefonierte mit dem Finanzverantwortlichen und kündigte die nötige Reparatur an.

Den Rest des Tages brütete er mit zwei Kreativen und dem Produktkontakter über neuen Ideen für ein Preisausschreiben. Im Grunde war alles schon einmal dagewesen. Da saßen seine beiden jungen Mitarbeiter und erfanden begeistert und aufgeregt das Rad wieder von neuem, wie jede Generation. Es war dasselbe Rad wie schon immer, nur im Material und im Stil der Zeit angepasst. Er saß mitten drinnen als wäre nichts geschehen, er hörte sich reden, ja sogar lachen, und beobachtete sich dabei, als ginge ihn das alles nichts an. Ziemlich früh packte er seinen ganzen Kram weg und fuhr nach Hause.

Margot nahm gerade Wäsche aus der Waschmaschine. Überrascht, dass er schon da war, ließ sie alles liegen und stehen und machte sich daran, das Nachtmahl fertigzustellen. Felix schien ein wenig hektisch zu sein, aber das würde sich hoffentlich bald geben, denn getrunken hatte er nichts. Dafür hatte sie ein sehr feines Gefühl. Der Tisch war gedeckt, und sie setzte sich ihm gegenüber, wandte sich ihm zu mit Gesicht, Körper und Aufmerksamkeit.

Er setzte sich an den Tisch, eigentlich parallel zum Tisch, mit hoch überschlagenen Beinen, so dass er sie nicht unter die Platte schieben konnte. Margot wurde wachsam. Das war kein gutes Zeichen. Kälte kroch in ihr hoch. So würde auch das Essen schwierig für ihn. Er würde herumpatzen und ihr die Schuld geben. Aber er stocherte nur nebenbei im Teller herum, nahm hie und da eine Gabel voll.

„Ich habe nachgedacht", sagte er. „Du musst deinen ganzen restlichen Urlaub nehmen. Wenn du nämlich in Pension gehst, ist es dazu zu spät. Du musst rechtzeitig deinen Anspruch anmelden."

Margot atmete erleichtert durch. Das war ein unverfängliches Thema.

„Da hast du recht! Gut, dass du mich erinnerst, aber ich habe selbst schon dran gedacht."

„Den musst du beanspruchen, freiwillig bekommt man bekanntlich gar nichts, da musst du dran denken", insistierte er.

„M-hm, hab ich ja. Und gut, dass du mich auch noch erinnerst."

Felix wurde zusehend erregter:

„Du musst das auch MACHEN! Aber du machst ja bekanntlich nie, was ich sage, auf mich hörst du ja überhaupt nicht. Ich bin Luft hier!"

Er machte eine große, vage Bewegung. Margots Inneres flatterte.

„Aber ich habe mich ja gerade bei dir bedankt, dass du auch an meine Sachen denkst. Ich werde das auch tun. Ich mache das gleich morgen - -"

„Was ich sage, ist gleichgültig, ich bin ja hier nur der Bettgeher, vollkommen unbedeutend, ein alter Trottel, auf den man nicht hört - -." Felix stieß den Teller weg, die Sauce schwappte aufs Tischtuch.

Margot klammerte sich an ihr Besteck, bemüht, Ruhe zu bewahren. Ruhe bewahren, das musste man bei Kranken. Wenn ein

Magenleidender sich übergab genauso wie wenn ein Seelenleidender das, was er nicht vertrug, hinausbrach. Der Unterschied war nur, dass Magenleidende nicht die Krankenschwester für ihren Zustand verantwortlich machten und ihr gegenüber kaum aggressiv wurden. Ein fürchterlicher Unterschied. Margot würgte an ihrem Essen. Sie hatte wieder beängstigende Schluckbeschwerden. Der Augenblick war gekommen, wo sie sagen und tun konnte, was sie wollte - es würde Felix´ Zorn noch mehr reizen.

„Aber Felix, ich tue die ganze Zeit nichts anderes als was du mir sagst! Was willst du denn hören? Mehr als Ja sagen kann ich ja nicht. Ich mache das gleich morgen..."

Hätte sie geschwiegen, hinter ihrem Teller sitzend verschreckt wie ein Kaninchen, hätte er genauso getobt. Nicht einmal einer Antwort würdige sie ihn!

Längst hatte er - aufstehend - seinen Sessel umgeworfen und rannte, Türen und Sachen werfend, im Wohnzimmer hin und her. Schließlich fand er irgendwie das Schlafzimmer, die Türe knallte zu, und sie hörte, wie er sich aufs Bett warf.

Ihr war so schlecht, dass ihre Knie zitterten. Gern wäre sie sitzen geblieben, doch ihr revoltierender Darm zwang sie hinaus.

Die Toilette. Der einzige Raum, den man versperren konnte. Wie benommen blieb sie dort sitzen, den Kopf in die Hände vergraben. Sie war so müde, unendlich müde. Am liebsten hätte sie geweint, sich bei ihrer Mutter ausgeweint. Es war ganz eigenartig, aber innerlich redete sie mit ihrer Mutter immer wie mit einer Toten. Dabei war ihre Mutter gar nicht tot, lebte - eingetrocknet und auf eine freundliche Art geistesabwesend - bei Doris und Kurt, und sie sah sie bei jedem Besuch. Trotzdem - wahrscheinlich war ein Teil der Mutter schon nicht mehr in dieser Welt. Der Teil, mit dem sie Zwiesprache halten konnte, der wortlos verstand.

Endlich raffte sie sich dazu auf, den Tisch abzuräumen. Das Essen, von Felix zerstört, vor ihr nervös zerstochert, streifte sie - die Teller weit von sich haltend - in den Mistkübel. Sie, die Vergeudung unverantwortlich fand, weil es Menschen gab, die hungerten.

Wie um Halt zu bekommen, griff sie nach den Beruhigungstropfen. Der Arzt hatte sie ihr verschrieben nach der Halsuntersuchung.

„Also mit der Schilddrüse haben wir nichts, Frau Eibesperger, gottseidank“, hatte er nach gründlicher Untersuchung gesagt. „Es wird sich um eine - Nervensache handeln.“

Er sah sie an, und sie sah ihn an. Dann atmete er tief ein:

„Ich schreibe Ihnen da pflanzliche Beruhigungstropfen auf, die nehmen wir, wenn wir das Bedürfnis haben. Die schaden Ihnen nicht.“

Tatsächlich fand sie Hilfe in ihnen, wenn sie zum Beispiel auf Felix wartete und es später wurde. Oder in Situationen wie der jetzigen, die nicht allzu häufig waren, die es aber zu überleben galt.

Am liebsten hätte sie Felix von diesen Tropfen gegeben, wenn er so übererregt war und sich - davor fürchtete sie sich am meisten - mehr und mehr hineinsteigerte. Aber wenn er sie freiwillig nahm, war sein Zustand nicht wirklich schlimm. Und wenn er wirklich schlimm war, brachte ihn keine Macht der Welt dazu, etwas Beruhigendes zu nehmen. Er wollte sich ja abreagieren. Überdies waren die Tropfen so bitter, dass man sie nicht heimlich irgendwo dazumischen konnte.

Im Schlafzimmer war es ruhig geworden. Margot hoffte, dass der Höhepunkt der Erregung überschritten war. Wenn sie Glück hatte, war er eingeschlafen, solche Auftritte erschöpften auch ihn aufs Äußerste. Warum das alles? Sie fühlte sich ausgehöhlt und hilflos. Er musste durch die Hölle gehen. Und wurde doch geliebt! Warum schaffte er es nicht, mit sich und seinem Leben fertig zu werden?

Warum musste sie immer noch von sich dazugeben, dazugeben, dazugeben? Warum konnten sie nicht einfach miteinander glücklich sein?

So leise wie möglich - um ihn nicht zu wecken - legte sie sich neben ihn ins Bett. Je länger er durchschlief, umso mehr würde er sich beruhigen. Im Halbdunkel betrachtete sie sein vertrautes Gesicht: eine Landschaft, geprägt durch die Erosion der Jahre, durch die Unwetter, Katastrophen und durch die schönen Tage. Sie umhüllte ihn mit aller Zuneigung, deren sie fähig war, und hoffte, betete, dass er es fühlen möge.

Da lag er und schlief. Den Alltagssorgen war er entrückt, dafür seinen Albträumen ausgeliefert, wo sie ihm nicht beistehen konnte. Es waren unsagbar brutale Dinge, die ihm im Traum begegneten. Margot kannte solche Träume gar nicht. Manchmal hatte er das Bedürfnis, sich bei ihr freizureden, wenn ihm beim schreckhaften Erwachen mehr in Erinnerung geblieben war als blankes Entsetzen.

Er rannte. Indianer waren hinter ihm her auf donnernden, sich hoch aufbäumenden Motocross-Maschinen. Indianer waren die Ur-Amerikaner. Sie schossen auf ihn mit Brandpfeilen, die sie aus einem Köcher voll Spiritus zogen. Er floh in eine Höhle, versteckte sich, hielt sich ganz still. Die Höhle stürzte ein, begrub ihn unter den Felsen. Alles war finster. Er war also tot, gestorben. Er fühlte es nicht, musste es sich erst selber klar machen.

Im Dunklen war da ein Licht, das Stirnlämpchen eines Arztes. Der Arzt trug eine Uniform und wollte ihm, Felix, die Haut vom Leib ziehen. Er floh, er konnte gerade noch davonrennen. Er würde zu spät zum Zug kommen. Immer waren sie zu spät dran, weil Margot nie fertig wurde. Jetzt - er blickte sich suchend um - war sie nicht einmal noch zu sehen. Dabei war schon höchste Eile.

Da fuhr er, der Zug! Das blendende Zugspitzenlicht bohrte sich in die Nacht. Sein Scheinwerferkegel tastete den Himmel ab, fingerte nach feindlichen Flugzeugen. Es waren Amerikaner. Sie warfen Schokoladespielzeug ab. Die Kinder bückten sich danach, und wenn sie es aufhoben, zerriss es sie. Er konnte seine Kinder gerade noch retten. Er stopfte die beiden kleinen Buben in einen Rucksack und rannte mit ihnen auf dem Rücken davon. Der Rucksack war schwer, viel schwerer als das Gewicht der kleinen Kinder. Er konnte ihn kaum tragen und musste doch damit laufen. Er war gefüllt mit bleierner Verantwortung, so dass er ihm beim Laufen in die Kniekehlen schlug und ihn behinderte.

Margot war auch endlich da. Margot, Manfred und Matthias, lauter Ma-, die erste Silbe, die ein Kind sprechen lernte.

Sie kamen an ein Wasser, da mussten sie durch. Margot ging voraus. Sie führte die Kinder mit sicherer Hand. Felix empfand Panik, er könne ihnen nicht nachkommen, sie womöglich nie mehr erreichen. Er konnte nicht sehen, wo er hintrat, denn das Wasser war schmutzig oder zumindest undurchsichtig. Er wollte schneller sein, laufen, doch das Wasser setzte ihm schweren Widerstand entgegen.

Schweißdurchnässt wachte er auf, sein Herz raste. Margot wurde durch sein Stöhnen munter. Sie nahm ihn in die Arme, wiegte ihn, tröstete ihn.

„Jetzt ist es vorbei. Ich bin ja da. Ich passe auf, dass dir nichts geschieht. Alles ist wieder gut..."

Doch heute schlief er ruhiger, hatte zumindest im Moment keine Albträume. Hatte sie vielleicht vorher ausgelebt.

Spät in der Nacht wachte Felix auf. Er war hungrig, tappte in die Küche und suchte im Kühlschrank nach etwas Essbarem. Mit einem Becher Fertigpudding setzte er sich wieder auf die Bettkante. Margot strich ihm über den Rücken. Er war froh. Das war ein Versöhnungsangebot. Er hatte wahrscheinlich ein wenig über die Schnur geschlagen. Aber er hatte es eigentlich nicht wirklich in der Hand. Diese Ausbrüche überkamen ihn einfach.

Hätte man ihn mitten drinnen gefragt, hätte er voll Überzeugung gesagt, Margot sei schuld. An ihr, in ihr kristallisierte sich alles. Wenn sein Zorn abflaute, war er schon nicht mehr so sicher. Und sobald er sich völlig beruhigt hatte und mit kühlem Kopf - vielleicht am nächsten Morgen - die Situation beurteilte, musste er sich fragen, wie er Margot damit überhaupt hatte in Verbindung bringen können. Das war ihm unangenehm. Wenn sie es ihn nicht spüren ließ, war er dankbar.

Er legte sich wieder nieder, drückte sich an sie, vergrub sein Gesicht an ihr. Langsam brachen die Agenturneuigkeiten, die Veränderungen aus ihm hervor - bruchstückweise. Margot musste sie erst ordnen, in Zusammenhänge bringen.

Da war die Umorganisation, die ihn aus einer leitenden Stellung in die letzte Reihe verbannte. Wer hier behauptete, das träfe ihn nicht, der belog sich und andere. Zurückstecken traf immer, und zwar genau dort, wo es am meisten schmerzte, am Selbstwertgefühl. Das konnte sie nachvollziehen, doch er versuchte ihr verzweifelt klarzumachen, dass es bei Männern noch viel schmerzhafter sei. Die urtümlichen Rudelkämpfe, die Rangordnung, die den Stärksten - wenngleich heute nicht mehr im körperlichen Sinn - an der Spitze sah: Sie waren unter Männern keineswegs überholt. Verleugnet - das vielleicht. Aber nicht vergessen. Einen Spitzenplatz räumen, abdanken, zurücktreten... müssen, das war ein schwer zu verwindender Schlag. War Versagen, Schande.

Und da war noch ein einschneidendes Ereignis, Margot hatte es lang vor Felix erleben müssen. Es war ein Erlebnis wie „erster Schultag“ oder „erstes Mal arbeiten gehen“, nämlich das erste Mal im Leben einen jüngeren Vorgesetzten haben.

Bis dahin, also praktisch sein Leben lang, hatte man sich immer nur älteren Menschen gebeugt. Als Kind den Eltern - die schon so hießen, später den Lehrern, dem Lehrherrn. Man kam in eine Firma, dort war man oft lange Zeit der oder die Jüngste. Der Vorgesetzte hatte Vaterfunktion mit Lob und Tadel. Man war es gar nicht anders gewohnt. Und man merkte viele Jahre nicht, dass der Abstand zu den ständig wechselnden Vorgesetzten immer geringer wurde. Eines Tages stellte man belustigt fest, dass man unter jemandem arbeitete, der gleich alt war. Unter jemandem - er hatte also mehr Macht - , der gleich alt war - er hatte also in derselben Zeit mehr erreicht. Die Belustigung hielt sich demnach in Grenzen. Das war für Felix bei Schreiber der Fall, der als Geschäftsführer nur zwei Jahre älter war als er selbst.

Bittesehr, das konnte er ja noch schlucken, aber jetzt: Durch die Umorganisation wurde er Untergebener - und er ließ das Wort auf der Zunge zergehen wie Patiencebäckerei - von einer Achtunddreißigjährigen.

Felix hatte auch noch nie einen weiblichen Vorgesetzten gehabt, doch das war nicht der Punkt. Mehr als viele andere war er in dieser Hinsicht vorurteilsfrei. Wie sie als Mensch war, würde sich in Kürze zeigen wie bei einem Mann auch. Aber die achtunddreißig Jahre machten ihm schwer zu schaffen.

Margot beruhigte, erinnerte daran, dass das der Lauf der Welt war, dass es jedem widerfuhr, früher oder später.

Aussagen, die auch noch nie jemandem weitergeholfen hatten.

5

Nachdem die Organisationsänderung offiziell geworden war und Felix sein Einzelzimmer für Susanne geräumt hatte - die Hierarchie war ausstattungsmäßig genau und international geregelt - , übersiedelte er in einen der großen Räume, in denen die Kreativen, Texter und Grafiker nun gemischt, ihre Arbeitsplätze hatten. Die neue Philosophie lautete, dass sie auf diese Weise intensiver zusammenarbeiten könnten. Vorher waren sie getrennt gesessen, um sich besser konzentrieren zu können.

„Mach dir nichts draus, alter Knabe“, flüsterte Karl ihm beim Vorbeigehen zu. Er schleppte gerade seine Ordner in das ehemalige Zimmer von Jochen. „Einmal fällt man rauf, einmal fällt man runter. Was sagt das schon über den Wert eines Menschen? Dir kann der Alte außerdem nichts anhaben. Denk dir deinen Teil und nimm´s leicht.“

Felix hätte das allzu gern getan. In verletztem Stolz spielte er die Angelegenheit gegenüber anderen Kollegen hinunter. Nur ganz wenige sprachen ihn unmittelbar darauf an, wohl weil sie fühlten, dass man nicht in Wunden bohren sollte. Jochen, durch die Zusammenlegung der beiden Gruppen unter neuer Leitung wieder zum Texter zurückgestuft, verriet ihm unter dem Siegel der Verschwiegenheit: Er werde nicht unter der Redlich arbeiten, er werde sich sehr wohl nach einer anderen Agentur umsehen.

Felix war froh, dass sein Winterurlaub näher kam. Da würde er seine beruflichen Probleme für kurze Zeit einfach zu verdrängen suchen. Jeden Winter verbrachten sie eine Woche in der Ramsau. Wenn auch inzwischen Anfang März war und der Vorfrühling im Flachland schon deutlich spürbar: Dort würde noch Schnee sein. Eine Geduldsprobe für die Bäuerin, bei der sie immer Quartier bezogen. Ihr war die Weiße Pracht bereits zu viel.

Unendliche Spaziergänge. Der Himmel zartblau, durchsichtig, überzogen von einem zierlichen Gitter aus Kondensstreifen, die sich wechselnd auflösten und neu bildeten. Die Berge mit ihren Flanken, leuchtend vor Schnee, und Zungen an ihnen hinaufleckender Nadelwälder, die sich dunkelgrün davon abhoben. Gegen Mittag wurde es warm, überhaupt wenn es sonnig war. Dann konnte man sich an einer windstillen Stelle auf einen abgetauten Holzstock setzen, und Felix kehrte sein Gesicht dem Licht zu.

In die Stille hineinschweigen. Das war es, was Margot liebte. Felix konnte nur schwer ruhig sein. So wie es Menschen gab, die für sich selbst laut buchstabierend lasen, so war Felix ein laut Denkender. Was ihm durch den Kopf ging, breitete er ausführlich vor Margot aus, die er als sein erweitertes Selbst okkupiert hatte. Es waren also Gespräche mit dem Zweit-Ich oder Selbstgespräche vor Partner. Frühere Winter fielen ihm ein hinter seinen geschlossenen Augenlidern, aus seiner Kindheit, aus dem Krieg, maximal noch aus der Zeit, wo ihre Kinder klein waren. Weiter in die Jetztzeit reichte sein Gedächtnis nicht.

„Kannst du dich erinnern, wie vorsichtig Matti war, als er das erste Mal auf Ski stand? Das war am Kahlenberg, damals konnte man dort noch Ski fahren, da gab´s noch mehr Schnee als heute. Und - kannst du dich erinnern: der Manfred wieder war ganz zornig, hat aufgestampft mit den Ski und getobt, weil es im Fernsehen viel leichter ausgesehen hat als es war?“

Ja, Margot konnte sich erinnern oder auch nicht. Sie beschäftigte sich nicht ununterbrochen mit der Vergangenheit. Die hatte sie schon erlebt. Sie war bereits ein Teil von ihr, eingespeichert und unverlierbar, daher nicht ständig beredenswert. Sie wurde ungeduldig, ungehalten, wenn Felix wieder und wieder weit zurückliegende Jahre hervorholte, zum Leben zu erwecken suchte, wiederkäute. Es war ihr lästig, in der Geschichte zu wühlen, selbst wenn es die eigene war. Vorbei war vorbei. Keiner von ihnen, auch nicht die Kinder, waren noch dieselben Menschen, die sie damals gewesen waren. Die Zeiten, die Umstände hatten sich geändert. Wozu also das ganze?

Vielleicht war ihre Reaktion deshalb brüsk, weil Felix so sehr auf die Vergangenheit fixiert war.

„Ein Mensch, der keine Geschichte hat, der hatte auch kein Leben“, beharrte er.

„Dann schau dich um und erlebe die Gegenwart, sonst hast du bald keine Geschichte mehr. Heute ist ja schließlich die Vergangenheit von morgen!“ Sie ärgerte sich.

Er machte eine wegwerfende Handbewegung, als zahle es sich für ihn nicht mehr aus. Jemand, der keine Zukunft vor sich sah, brauchte sich keine neue Vergangenheit zu schaffen, auf die er zurückblicken wollte.

Margot vergrub den Kopf in den Händen. Dabei war das Rezept so simpel. Die alten Römer hatten es schon gewusst und in zwei Worte gefasst: Carpe diem. Ergreife den Tag. War das so einfach, dass man es einfach nicht kapierte? Auch ihr selbst gelang nicht immer, danach zu leben, aber sie versuchte es, und oft mit Erfolg. Sie wollte Erfolg haben, wollte Kraft und Lebensfreude speichern wie in einer Batterie. Vielleicht würde es ihr einmal gelingen, die zweite, die leere Batterie wieder aufzuladen für ein eigenes freudiges Bewältigen.

Die Ruhe des einsam gelegenen Hofes, der viele Schlaf, die Natur, die einfach da war, unaufdringlich, - das alles tat Felix gut. Er wurde wieder fröhlich, ja ausgelassen, bewarf Margot aus dem Hinterhalt mit Schneebällen und schwindelte beim Kartenspielen mit der Altbäuerin um die Wette. Der Frühling machte sich auch hier bemerkbar - mit ausgiebigem Regen, der den Schnee aufweichte. Abends war es aber gemütlich einzuschlafen, wenn das Wasser auf das Blechdach prasselte und rauschend die Dachrinne hinunterschoss in dieser unbeschreiblich dichten Finsternis, die es in der Stadt gar nicht gab.

Am anderen Morgen öffneten sich die Vorhänge auf blendende Helle. In der Nacht hatte es in den oberen Luftschichten abgekühlt. Der Regen war in Schnee übergegangen, und alles war frisch, sauber und weiß. Die Bäuerin zog ein Gesicht und wischte zum hundertsten Mal den nassen Boden des Vorhauses auf. Dass ihre Gäste den Neuschnee begrüßten, konnte sie aber verstehen.

Die Loipen waren bereits am Morgen frisch gespurt worden, und Felix und Margot ließen sich hineingleiten. Sie waren keine Lang"läufer", für sie traf eher der englische Ausdruck „cross country skiers" zu, weil man auf den Ski fast überall hinkam, auch durch den Wald ziehen konnte auf Wegen, die einem sonst im Winter verwehrt blieben.

Die glänzenden Schienen der Langlaufspur - blankes Silber im umgebenden Weiß. Das Scharren der Ski auf dem hartgepressten Schnee, vom Winde verwehte Hasenfährten unter Fichtenjungwuchs. Eins werden mit der Natur, in der Natur. Wie waren Unstimmigkeiten zwischen ihnen überhaupt vorstellbar? Man müsste sie schon an den Haaren herbeiziehen.

Es herrschte Harmonie. Sie bewegten sich in ihrer Beziehung wie in warmem Wasser, leicht und flüssig. Gleichklang der Herzen, selbes Verständnis, wortlose Übereinstimmung.

Was davon würden sie in den Alltag hinüberretten können?

6

Die Nachmittage waren länger geworden, gingen in milde Dämmerung über.

Felix schloss das Fenster.

„Jetzt wird´s aber doch wieder kühl," rief er Margot in die Küche zu. „Gibt´s bald was zu essen, Engelchen?"

„M-hm, bin bald fertig!"

Er drehte den Fernseher auf. In die Küche drang die übliche Nachrichtenkulisse aus sachlicher Stimme und gedämpftem Lärm von einem der immer vorhandenen Kriegsschauplätze. Man konnte innerlich nur mehr abschalten, musste die Schicksale der Betroffenen ignorieren, gefühllos werden, um selbst zu überleben. Im Großen tat man sich da leichter, konnte pauschal das „Kriegselend" bedauern und abtun. Das kleine, das einzelne Elend war viel schwerer abzuschütteln - die Verzweiflung eines Verstümmelten, das weinende Kind, das seinen Vater suchte. Bei solchen Bildern klinkte sich die Fantasie ein, zog einen unerbittlich wie ein Zahnrad in ihre zerfleischende Spur.

Margot fuhr mit dem Pürierstab in die dampfenden Erdäpfel, wirbelte im Topf herum. Ein Deckel fiel zu Boden. Dumm - jetzt war Email abgesplittert. Und der Lärm! Felix zog sie oft auf mit dem Krach, den sie in der Küche machte. Er nahm zwei Deckel wie Tschinellen und bot ihr scherzhaft an, sie zu unterstützen. Dabei lärmte sie keinesfalls absichtlich, es ergab sich eben bei der Arbeit. Wenn er abends Nachrichten hören wollte - sie sah sie meist schon um 17 Uhr - , machte sie daher die Tür zum Wohnzimmer zu.

Über den Küchenlärm erhob sich das alles durchdringende Gellen einer Sirene.

Margot stoppte den Pürierstab und horchte. Drohendes Grollen folgte. Das waren keine modernen Flugzeuge. Das war das unverkennbare Dröhnen einer Bomberstaffel aus dem Zweiten Weltkrieg.

Und wieder die Sirene.

Margot war im Krieg noch ganz klein gewesen. Mutter und Großmutter waren mit ihr und dem Baby Doris aus dem bombardierten Wien in den Böhmerwald geflohen. So hart es für die Erwachsenen war - die kleine Margot hatte dort eine schöne Zeit verbracht, nichts von der Angst und dem Schrecken miterlebt. Aber diese typischen Geräusche kannte sie so genau wie jeder andere Mitteleuropäer. Fünfzig Jahre Geschichtsdarstellung in Volksempfänger und Wochenschau, später Radio und Fernsehen, hatten sie ihr ausreichend eingeprägt. Die Sirenen ließen auch bei ihr den Alarm schrillen. Sie legte alles weg, ging ins Wohnzimmer.

Felix saß auf dem Sofa, den Oberkörper steil vorgeneigt, totenblass, die Augen aufgerissen. Sie setzte sich zu ihm, er sah sie nicht.

Über den Bildschirm flimmerte in verregneten alten Filmbildern eine Dokumentation über die Bombardierung einer Stadt, der unzähligste Jahrestag einer Kriegsaktion, und es war völlig gleichgültig, ob es sich um die Bombardierung von Dresden, Wiener Neustadt, London oder Wien handelte. Da kamen sie über den grauen Himmel, Schwärme von Bombern, so langsam fliegend, dass man sich wunderte, wie sie sich in der Luft hielten. Sie wirkten plump, hummelartig, fast gemütlich, wäre da nicht ihr gefährliches Dröhnen, Unheil verkündend wie Filmmusik, die - einem harmlosen Bild bereits Hohn sprechend - die drohende Gefahr ankündigte. Unter ihnen rieselte es, regnete es stärker. Das war aber nicht der alte Film. Das waren Bomben, plump und rundlich wie die Bomber selbst. Sie fielen, man sah die Detonationen, die Häuser zerbarsten, eingehüllt in riesige Staubwolken. Straßenweise nur mehr Trümmer, die Menschen unter Steinhaufen begraben, Hügelgräber der Jetztzeit ohne archäologischen Wert.

„Mir ist schlecht...“, presste Felix heraus.

Er stand auf, wankte auf die Toilette, wo sie ihn sich übergeben hörte.

„Geh weiter...“, stammelte Felix, hielt sich an einem Hydranten fest, der fast so groß war, wie er selbst. „Mir ist schlecht, ich...“

Dolfi rannte, die Schultasche hüpfte auf seinem schmalen Rücken. Nichts wie heim, bevor die Sirene die Hauptwarnung über die Stadt schrie.

„Felix! Lixl!“

Eine Frau mit großer, oft gewaschener Schürze kam aufgeregt die Straße entlang, Dolfi entgegen. Der deutete auf den Hydranten, bei dem sich die magere kleine Gestalt krümmte.

„Gottseidank, da bist du!“

Die Frau wischte mit der Schürzenecke sein schweißnasses Gesicht ab, nahm ihn bei der Hand und lief.

„Schnell, in den Keller, es wird gleich losgehen. - Ich hab auch eine Bohnensuppe für dich.“ Sie bemühte sich, beruhigend zu wirken.

Die Mutter war nicht da. Sie brachte den kleinen Elmar aus der Stadt hinaus zur Großmutter. Es war nicht sehr weit, aber Verkehrsmittel waren rar. Sie würde auch sofort zurückkommen, und wenn sie die ganze Nacht zu Fuß gehen müsste.

Am liebsten wäre sie mit beiden Kindern zur ihrer Mutter gezogen, doch Felix ging schon zur Schule, durfte nicht fernbleiben. Frau Walenta wollte während ihrer Abwesenheit auf Felix aufpassen. Das war wohl schwierig in dieser Zeit, aber man musste zusammenhalten.

Mit Besorgnis hatte die Nachbarin beobachtet, wie im nahen Arenbergpark die Bäume gefällt wurden, einem riesigen Betonfundament Platz machten. Ein Turm war darauf gewachsen, Tag für Tag höher, ein FLAK-Turm - hier mitten im Wohngebiet.

„Das wird gefährlich", hatte sie der Frau Eibesperger zugeflüstert. Mit der konnte man reden, ansonsten war Kritik riskant. „Den werden die Aliierten ausschalten wollen, das ist ein Bombenziel, wie man weiß."

Sie war empört. Es war, als würde man die Zivilbevölkerung als Geisel nehmen.

Aber wenn die Sirene zu voller Lautstärke anschwoll, die Straßen sich leerten und sie mit den anderen in den Luftschutzkeller stürzte, wusste sie, dass keiner sich um die Zivilbevölkerung scherte. Weder die Aliierten, noch die eigenen Leute. Und was sollte das überhaupt mit der „Zivilbevölkerung"? Durfte man Soldaten denn einfach abknallen? Soldaten waren für Frau Walenta Zivilbevölkerung, die man in Uniformen gesteckt hatte, und das zum Großteil - hüben wie drüben - gegen ihren Willen.

Da - das Haustor, sie waren bis nach Hause gekommen. Hinunter in den Keller. Der Raum war eng. Alte Sessel waren da und für jeden eine alte Decke, gestapelt auf einer Seegras-Matratze, die Frau Hausmann vom Boden geholt hatte.

Das Fenster, eigentlich eine Lüftungsluke, damit es in den Fundamenten nicht allzu sehr schimmelte, war mit rostigem gelochten Blech verschlossen. Damit man sich zurechtfand, hatte die Hausmeisterin ihre kostbare Petroleumlampe zur Verfügung gestellt. Nur gab es oft kein Petroleum, weshalb der alte Wrbalek nach und nach seinen Vorrat an Friedhofskerzen opferte. Er hatte sie für das Grab seiner Frau gespart.

Frau Walenta schleifte Felix mehr als er lief die ausgetretenen Stufen hinunter. Tränen rannen ihm lautlos über das Gesicht. Die Sirene gellte, und die Mutter war nicht da. Dann Stille.

Auf einmal begannen die Blechplättchen auf dem Fenstersims zu singen. Auf den Mauervorsprung der Luke hatte der alte Wrbalek ein paar kleine Blechreste, die er gefunden hatte, wie ein Kartenhaus aufgebaut. Nur ganz lose lagen sie aneinander auf und zeigten wie ein

Seismograph jede Erschütterung an. Das dunkle Vibrieren, das mahlende Dröhnen der anfliegenden Bomber fand kurze Zeit vorher in ihnen eine hell singende Ankündigung. Felix fürchtete das Klingeln der Blechplättchen genauso wie die Bomber selbst. Diese weitere Drohung, dass sie sich näherten, war sinnlos, ja belastend. Aber der alte Wrbalek, mit dem fragwürdigen Titel „Luftschutzwart" aufgewertet, bestand darauf. Währenddessen betete Frau Hausmann laut mit gehetzter Stimme „...du bist gebenedeit unter den Weibern, und gebenedeit ist die Frucht deines Leibes...", seltsame Beschwörungen, die Felix noch nie verstanden hatte. Es schien, als wolle sie möglichst viele Grüße an Maria richten, so lange sie noch konnte.

Dann verstand man Frau Hausmann nicht mehr, denn die Flugzeuge waren schon ganz nah. Sie flogen - schien es Felix - schmerzhaft, ohrenbetäubend, unmittelbar über ihn hin, der sich auf seinem Sessel krümmte. Die Hausmeisterin schrie. Die Blechplättchen stürzten in sich zusammen und vom Mauersims. Felix presste die Hände an die Ohren. Der Menagetopf mit der kalten Bohnensuppe, von der er nichts gegessen hatte, fiel scheppernd zu Boden. Aber Frau Walenta sah es nicht, hatte die Augen zusammengepresst, sich duckend wie die anderen auch. Und hören konnte man das Scheppern nicht. Es ging unter in einer alles überwältigenden Detonation.

Wie in Zeitlupe wurde Felix durch den Druck vom Sessel geschleudert. Es schien ihm, als sei er fühllos und taub, doch nahm er manches überdeutlich wahr. Die Wrbaleksche Friedhofskerze erlosch. In der Dunkelheit schien es Felix, als hätten sich die Mauern des Gewölbes über ihm geöffnet und Licht fiele herein. Doch dann schlossen sich die Trümmer wieder, stürzten in- und übereinander, verkeilten sich zu undurchdringlicher Finsternis, die auch Felix gnädig in ihre Arme nahm.

An das Weitere erinnerte sich Felix nur bruchstückhaft. Da war Staub. Er musste niesen, wahrscheinlich war er davon wieder wach geworden. Er lag auf dem Bauch, an der Wange fühlte er das kratzige, jedoch vertraute Material seiner Luftschutzdecke. Es war dunkel und nach dem vorherigen Dröhnen vollkommen still. Wenn er den Kopf hob, stieß er an etwas an, und drehen konnte er sich nicht, denn er merkte mit einem Schmerzensschrei, dass sein linkes Bein eingeklemmt war.

Von diesem Augenblick an wurde er die Schmerzen nicht mehr los. Nun, da sie ihm bewusst geworden waren, wurden sie immer stärker und stärker. Dazu die Dunkelheit. Und so allein war er sich in seinem Leben noch nie vorgekommen. Er schrie nach der Mutter, nach Frau Walenta, nach dem Vater, zu dem er - entfernt durch den Krieg - nur ein entferntes Verhältnis hatte. Aber es war doch sein Vater.

Einmal vermeinte er zwischen seinem Schluchzen ein Stöhnen zu vernehmen, versuchte, den Atem anzuhalten, ob er nicht doch irgend etwas hören könnte, schaffte es nicht, weil sein Körper durch das Schreien nach Luft rang und sein Herz raste, entschloss sich verzweifelt, weiter nach seiner Familie zu rufen, zu schreien, sie würden ihn doch nicht einfach hier liegen lassen in dieser namenlosen Dunkelheit. Vielleicht musste er jetzt sterben.

Sterben - das war ihm als Kind bereits vertraut, durch den Krieg. Der Tod: ein Umgangswort, und nun bereits täglich. Sterben, das hieß, nicht mehr auf der Welt sein. Wahrscheinlich hätte er gar nicht auf die Welt kommen sollen. Sein Dasein - ein Irrtum, der rückgängig gemacht werden sollte. Er rief, schrie, weinte, sank schließlich schweißgebadet, ausgepumpt, in sich zusammen und verlor vor Angst und Schmerzen wieder das Bewusstsein.

Margot hatte das Fernsehgerät abgestellt.

Nach einer Weile kam Felix zurück, er hatte sich im Bad das Gesicht gewaschen. Er ließ sich neben sie auf das Sofa fallen und umklammerte sie wortlos. Nie, niemals würde dieses Erlebnis gelöscht sein. Jede einfache Fabrikssirene, zur geruhsamen

Mittagspause oder dem ersehnten Arbeitsschluss mahnend, rief Angst und Übelkeit in ihm hervor. Jeder der ohne Unterlass wiederkehrenden Jahrestage irgendeines Bombardements riss die Verletzungen wieder auf, verhinderte ihr Abheilen. Ja, „Niemals vergessen!“ - das war wichtig, damit solches nie wieder geschah. Die Kehrseite aber war dieses Kind, das man auch nach einem halben Jahrhundert noch nicht vergessen ließ, was man ihm angetan hatte. Dem man durch ewiges Wiederaufwärmen den Kunstgriff des Verdrängens - diese seelische Notlösung - unmöglich machte. Margot konnte sich nicht vorstellen, dass man zum Beispiel einem Vergewaltigungsopfer so etwas zumuten würde.

Und immer wieder würden Jahrestage kommen, die die Welt nicht unkommentiert vorübergehen lassen konnte.

Margot fühlte mit dem Menschen an ihrer Seite. Damals hatte alles angefangen, hier lag das Grundübel ... begraben. Margot getraute sich das letzte Wort kaum zu denken, so bildhaft war es.

Sie dachte an die Gartenzeitschriften, die sie immer las. Eine aufsprießende Pflanze war geknickt worden. Man konnte sie trotz Aufrichten und Stützen nicht wieder heil machen. An diesem Knick machte sich jede, selbst die geringste Belastung bemerkbar.

In den Gartenzeitschriften riet man in solchen Fällen, „bis ins gesunde Holz zurückzuschneiden“. Dann könne man die Wunde versorgen und auf Heilung hoffen.

Aber wie, wie..., sinnierte sie, machte man das bei einem Menschen?

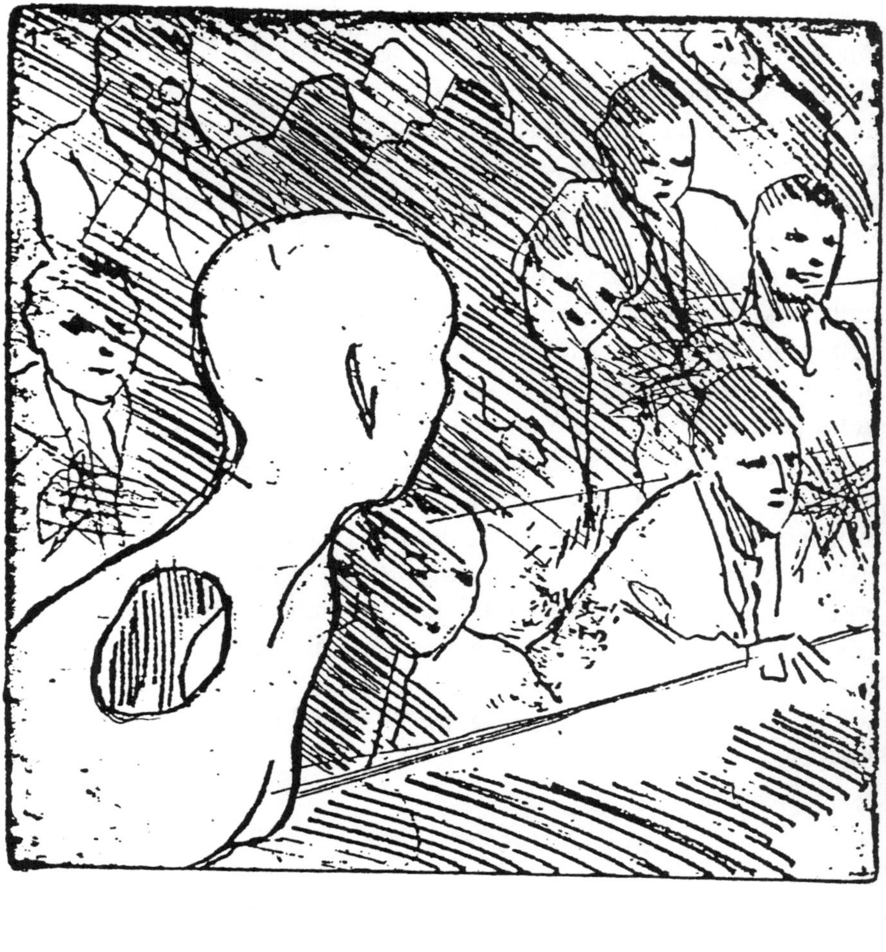

7

Regen. Die Autos rissen vom Asphalt Fahnen aus Tröpfchen hoch, die noch lange hinter ihnen herwehten. Gurgelnd schoss Wasser durch die gusseisenen Kanalgitter, Blätter und Blütenreste mit sich tragend.

Felix betrat das Bürohaus, schüttelte sich und seinen Schirm ab. Schlechtwetter bedrückte ihn für gewöhnlich, doch in diesem heftigen Frühlingsregen war ein Versprechen. Ein Versprechen von Wachstum und kommenden Sonnentagen.

Er schaltete die Drucker und Kopierer und seinen Grafikcomputer ein, holte sich von Gudrun einen Kaffee, ging die in Arbeit befindlichen Aufträge durch. Nach und nach trudelte die andere Mannschaft ein. Sie hatte sich geändert, seit Susanne Redlich hier Creative Director war.

Oft nahmen CDs, die die Agentur wechselten, Texter oder Grafiker, manchmal auch Kontakter in ihre neue Agentur mit oder ließen sie nachkommen, weil sie mit ihnen besonders gut zusammenarbeiteten. Die Redlich hatte Thomas mitgebracht, einen jungen Grafiker, blond und großäugig, dem sie als Art Director die Führungsrolle über die Grafik zuteilte. Mario, der Lebenskünstler, war zur Werbeabteilung einer Bank gewechselt, wo er sich Chancen auf den Posten des Werbeleiters ausrechnete. Dafür hatte man Christine eingestellt, eine stämmige Blondine mit sonnigem Gemüt. Sie lachte und kicherte bei jeder Gelegenheit, grüßte laut schon von weitem, hatte für jeden ein nettes Wort. Sie war ein echter Gewinn, so dass man gar nicht anders konnte, als ihre Schlamperei zu übersehen. Christine räumte kein Papier weg, legte nichts ab, schlichtete nichts zurück, sondern grub lieber bis zu ihren Ellbogen in Stapeln, um irgendetwas zu finden.

Trotzdem war sie Felix um Längen lieber als dieser kalbsäugige Thomas, der voll Misstrauen alle beobachtete, die älter waren als er.

Er wusste mit ihnen nicht zu verkehren oder auch nur normal zu reden. Dabei bot die Arbeit weiß Gott genug Kontakte, wenn man schon privat wenig gemeinsam hatte. Felix hielt ihn für einen Fall von Schultrauma, also für jemanden, der - obwohl selbst erwachsen - sein Leben lang in jedem Älteren einen gestrengen Vater oder bösen Lehrer erblickte. Einen Lehrer, vor dem man den Schein wahrte, hinter dessen Rücken man aber mit den Gleichaltrigen seinen eigenen Interessen nachging.

Für seine Vorgesetzten hatte er also ein seit Kindheit geübtes Kommunikationsschema, dem er leicht treu bleiben konnte. Anders war es mit Älteren, die gleichgestellt oder untergeordnet waren. Diese Situation war ihm neu, und Thomas schaffte es nicht, mit ihnen zu reden wie mit anderen auch. Wenn er zum Beispiel mit Theres oder Christine witzelte und bemerkte, dass Felix seine Blicke vorbeiwandern ließ, hörte er auf zu reden - oder dämpfte die Stimme, als täte er etwas Verbotenes. Auch sprach er fast nie Felix von sich aus an. Er musste bei der Arbeit schon gewaltig unter Zugzwang sein, um auf betretene, und doch auftrumpfend herausfordernde Art Auskunft zu verlangen.

Es waren solche Dinge, an sich Kleinigkeiten, die Felix gegen den Strich gingen. Er versuchte sich davon frei zu machen, mit Thomas trotzdem zu verkehren wie mit jedem anderen. Oder ihn einfach zu ignorieren. Aber er schaffte es nicht, dass ihn diese Beziehung nicht belastete.

Schon in der Früh, wenn Thomas ihm auf dem Gang begegnete, sah dieser ihn kalbsäugig an, und da er die Lippen immer ein klein wenig geöffnet hatte und beim Sprechen kaum bewegte, wusste Felix beim besten Willen nicht, ob er grüßte oder nicht. Felix war keiner, der übertrieben auf die Einhaltung von Etikette bestand. Nach Jahrzehnten im Beruf wusste er, dass neue Mitarbeiter oft Scheu empfanden, noch nicht Klarheit über die Spielregeln besaßen und - großteils anpassungswillig - sich erst einmal aufs

Nachahmen verlegten. Er machte es ihnen leicht, indem er sie von sich aus ansprach, von sich aus grüßte und ihnen in jeder Weise entgegenkam. Die meisten nahmen diese Geste gerne an.

Anders Thomas. Felix, wesentlich älter als er, hatte immer als erster Guten Morgen gesagt - Wochen lang. Er kam aber nie dahinter, ob Thomas überhaupt dankte. Manchmal dachte er, er sei schwerhörig geworden. Er hörte einfach nichts, obwohl Thomas die Lippen offen hatte. Aber wahrscheinlich grüßte er wirklich nicht. Und wenn er nur unhörbar murmelte, war das auch nicht der Höhepunkt freundlichen Entgegenkommens. Schließlich wurde es Felix zu dumm. Er gab auf. Der Kalbsäugige glaubte sonst noch, er grüße ihn aus Ergebenheit, und das kam überhaupt nicht in Frage. Aber auch diese Entscheidung machte Felix nicht glücklicher. Er empfand es als feindselig, wenn man einander nicht - wenn schon nicht freundlich, doch zumindest neutral - grüßte, noch dazu wenn man Stunden lang in einem Zimmer miteinander arbeitete. Und es ärgerte ihn, dass ihm diese ungute Stimmung nicht gleichgültig war.

Er stand auf, um das Stanzmuster eines Crowners herauszusuchen. Für einen Erzeuger von Slipeinlagen hatten sie sich ein faszinierendes Gewinnspiel ausgedacht, das mit einem eigenen Fernsehspot beworben wurde. Der Handel sollte genötigt werden, das Produkt nicht nur im Regal, sondern zusätzlich in auffälligen Verkaufsaufstellern anzubieten. Der Crowner für diese Sonderplacierung würde ein Bild aus dem dazugehörigen TV-Spot tragen.

Felix ging mit der Videocassette in den Technikraum, um den dafür am besten geeigneten Filmkader herauszusuchen und auszudrucken. Die Agentur hatte einen neuen Printer angeschafft, der die Farben der TV-Spots noch besser als bisher wiedergab. Diese Anschaffung und die früheren Unzulänglichkeiten hatte es notwendig gemacht, die Geräte neu zu stellen und auch neu zu verkabeln. Die armdicken Kabelbündel waren auch für die Videotechniker nur mehr schwer überblickbar, aber nach längerer

Arbeitszeit waren die unzähligen Geräte nun wieder miteinander verbunden.

Polly war - hieß es - auf Urlaub gegangen. Seit man Urlaube nicht mehr mit ihm als Vorgesetzem absprechen musste, wusste Felix solches nur von denen, die es erwähnten. Dass er nun von Informationen abgeschnitten war, nämlich auch von wesentlicheren als den Urlauben der einzelnen Kollegen, empfand er für so bitter, dass er die Bitterkeit tatsächlich im Mund zu spüren meinte. Zorn erfüllte ihn über die Erniedrigung, dass er sein Wissen aus aufgeschnappten Satzfetzen und liegen gelassenen Fehlkopien zusammenstoppeln musste. Und seine Hilflosigkeit machte die Angelegenheit nicht besser.

Er biss die Zähne zusammen. Nie würde er ihnen zeigen, wie sehr ihn seine Rückstufung verletzt hatte. Diesen Triumph sollten sie nicht haben. Nach außen gelassen wie früher ging er bewusst mit erhobenem Haupt durch die Agentur. „Schau-Gehen", nannte er es bei sich, mit dem er seine Kollegen, vor allem aber seine Vorgesetzten darüber hinwegtäuschen wollte, wie sehr er sich ausgeschlossen fühlte.

Es bürgerte sich zum Beispiel ein, größere Zusammenkünfte einzuberufen, bei denen praktisch alle Mitarbeiter geladen waren außer den zwei oder drei älteren. Schriftliche Informationen darüber gab es nicht mehr, oder nur zu wenigen Anlässen. So änderte sich eben die Vorgangsweise mit dem sich ändernden Personal. Das erschwerte für Felix die Information. Schriftliche Mitteilungen lagen immer irgendwo umher. Man konnte einen Blick darauf erhaschen. Bei mündlicher Weitergabe war man aber ausgeschlossen, wenn einem nicht der Zufall zu Hilfe kam.

Warum war er ausgeschlossen? Diese Frage nagte an ihm. Hätte er gewusst, worum es bei diesen Treffen ging, hätten diese ihn vielleicht gar nicht interessiert. Vielleicht wäre er sogar froh gewesen, dass er nicht teilnehmen musste. Aber nicht wissen, worum es ging, warum er nicht eingeladen war, das brannte in ihm.

Er schob die Cassette in einen U-matic-Recorder. Sie ging nicht hinein. Ach richtig, die Geräte waren nicht eingeschaltet. Er drückte die Power-Taste, doch nichts geschah. Es musste also neuerdings einen Hauptschalter geben, mit dem man alle Geräte gleichzeitig stromfrei stellen konnte. Er sah sich um.

Vordergründig war nichts zu sehen. Felix begann hinter den Geräten zu suchen, obwohl es ihm unsinnig vorkam, einen solchen Hauptschalter versteckt anzubringen. Er grub unter Kabelsträngen, verschob Cassetten und Kleingeräte, drückte diverse nicht angeschriebene Tasten - nichts. Er, der bisher auf der Klaviatur der Recorder, Schnittcomputer, Printer und Bildschirme Virtuose gewesen war, war durch einen einzigen Schalter ausgeschaltet. Konnte nicht einmal mehr die Geräte anstellen.

Schulterpartie und Nacken wurden feucht. Er konnte also seine Aufgabe nicht erfüllen. Polly, von den Technikern nach der neuen Verkabelung eingeschult, war weg. Wen sie informiert hatte oder wer das von sich aus verstand - Felix wusste es nicht. Wen sollte er nun fragen?

Bei dem Gedanken, sich vor dem Kalbsäugigen als unfähig darstellen zu müssen, wurde ihm so übel, dass er den Technikraum verlassen musste. Im Stockwerk war es ruhig, die anderen waren - grüppchenweise und tratschend - mittagessen gegangen. Nur Theres klopfte Abrechnungen in den Computer. Felix setzte sich wie benommen in die Clubecke und überlegte.

Wäre er so jung gewesen wie Christine, hätte er bei Susanne Redlich aufgedreht und lauthals protestiert, dass die Schulung für die technischen Geräte nicht funktioniere. Da er aber einer der Älteren war, würde es heißen, der Alte käme eben nicht mehr mit. Man hatte jedes Jahr mit noch mehr Vorurteilen zu kämpfen. Der junge Georg aus der Mediaabteilung zum Beispiel konnte unverblümt sagen, er grüße Thomas „Kalbsauge“ nicht mehr, denn der sei ein muffiges Arschloch. Felix durfte keine Abneigung zeigen, sonst würde ihm als Älteren sofort Ablehnung der Jungen, mangelnde Anpassungsfähigkeit und dergleichen unterstellt, und zwar durchaus auch von Leuten, die ihn mochten. Die taten das eben in mitleidig-freundlichem Tonfall.

Er raffte sich auf und fragte Theres, wen Polly denn auf den neuen Geräten eingeschult hatte. Theres wusste es nicht.

„Ich kenne mich jedenfalls nicht mehr aus“, sagte sie. „Ich habe zwar unmittelbar damit nichts zu tun, aber früher hab ich mir doch für zu Hause fallweise eine Cassette überspielt. Jetzt kann ich das nicht mehr.“

Felix ging an seinen Schreibtisch zurück, war beunruhigt. Es war fraglich, ob er die Arbeit würde aufschieben können, bis Polly in zwei Tagen zurück war, oder ob er jemanden finden würde, den er ohne Prestigeverlust um Hilfe bitten konnte. Er würde inzwischen ein paar Entwürfe für die Anzeige machen.

Doch der Computerbildschirm starrte ihn so feindselig an, dass er die Finger von der Maus ließ.

Er vertrödelte den Rest des Tages mit Arbeiten, die nicht viel Denkarbeit verlangten, innerlich voll beschäftigt mit der Schmach, dass er hilflos wie ein Anfänger vor der Technik stand. Und das mit dem Nachteil seines Alters. Wenn man nicht mehr zu den Jüngsten zählte, „ging einem die Entwicklung zu schnell“, „kam man eben nicht mehr mit“ - und wie die Phrasen alle hießen. Dabei war es nur eine Frage der Information. Aber wer würde schon logisch denken?

Das hatte es früher nicht gegeben. Früher - das war in der Agentur ein absolutes Tabu-Wort. Die Branche hastete vorwärts, „früher“ qualifizierte sich daher auf jeden Fall als vorbei, überholt, uninteressant. Es konnte nur negativ sein. Leute, die „früher“ im Munde führten, waren Gestrige, „konnten sich nicht mehr umstellen“, denn die Jugend erfand das Leben sowieso jeden Tag neu. Dabei - das war das Lächerliche - lag das Früher, um das es hier ging, vielleicht ein, zwei Jahre zurück, wenn es hoch ging, drei.

Es war also eigentlich nur eine ausgeweitete Gegenwart und für Felix bedeutungslos. Im übrigen war er intelligent genug, solche Tabus zu vermeiden.

Das „Früher“, das er liebte, in dem sich seine Seele bewegte, lag Jahrzehnte zurück. Es war gar nicht nur schön gewesen, o nein. Aber in dieser Zeit fühlte er sich daheim. Er beutelte Christine und Markus unter einem Vorwand ab, die noch einen Sprung mit in ein Lokal gehen wollten, blieb allein. Er setzte sich in die hinterste Ecke des Attaché und brütete über früher nach. Bilder zogen durch seine Vorstellung wie alte Filme. Sie rissen auch manchmal ab oder blendeten aus, hinterließen flimmernde Schwärze.

Es waren immer dieselben Jahre, die er wiederkäute. Seine Kindheit im Hof und auf den Gehsteigen des dritten Bezirks und später, als er schon in die Schule ging, im Arenbergpark. Sein Heranwachsen, die jugendlichen Abenteuer mit Freunden, die ersten Jahre mit Margot, als die Kinder noch klein waren und noch ihm gehörten.

Dann hörte die Zeit für ihn irgendwie auf. Entzog sich ihm, ließ ihn zurück - eingekerkert in seine eigene Vergangenheit, die ihm den Weg in die Zukunft versperrte.

Einmal, im Vollrausch, war er leibhaftig in diese Vergangenheit gefahren. Er war in ein Taxi gekrochen und hatte die Adresse gelallt, die ihm als erste einfiel.

Der Fahrer fuhr durch die nächtlich leeren Straßen und setzte ihn vor einem düsteren Haus ab. Die Haustür war nicht versperrt, Felix tappte hinein und drückte den Lichtknopf. Rechts war das Stiegenhaus mit der abgetretenen gewundenen Treppe. Er zog sich hinauf, nur seine vor den Augen flimmernden Fußspitzen fixierend. Der alte eiserne Handlauf lag vertraut und kühl in seiner Hand. Als er auf der vorletzten Stufe stand, ging das Licht aus. Es war so finster, dass er die Schwärze wie Schafwolle zu greifen glaubte. Mit einem Schlag war er nüchtern.

Er stand im ersten Stock eines abgewohnten Hauses und konnte es nur durch seine Nase wahrnehmen. Gerüche bleiben lange im Gedächtnis. Das Haus roch noch immer wie damals, wie vor gut fünfundzwanzig Jahren. Margot und er hatten hier gewohnt. Es war ihre erste gemeinsame Bleibe gewesen, eine Substandard-Wohnung, trotzdem beinahe unerschwinglich. Manfred, ihr erster Sohn, war hier zur Welt gekommen.

Felix lehnte sich an das Fensterbrett des langen Ganges, das er mehr erahnte als sah, denn die Fenster gingen in den Hof, und der war so schwarz wie das Innere des Hauses. Links von ihm musste irgendwo die Tür der gemeinsamen Gangtoilette sein, daneben eine Bassena für die Mieter, die in der Wohnung kein Wasser hatten. Den Stiegenabgang konnte er nicht mehr sehen, er hatte ihn in der Dunkelheit verloren. Wenn er einen Schritt zuviel machte, würde er die ausgetretene Treppe hinunterstürzen, sich womöglich das Genick brechen. Er suchte nach dem rettenden Knopf des Minutenlichtes, doch hier gab es keinen, oder er war defekt und leuchtete nicht.

Er empfand plötzlich solche Panik, dass er zu schluchzen anfing. Warum nur war er hierher gekommen? Welcher Teufel hatte ihn geritten, diese uralte, seit Jahrzehnten überholte Adresse herauszulallen? Der Teufel seiner Vergangenheit, seines langfristigen Gedächtnisses, das ihn immer wieder in seine Rückholnetze verstrickte.

Aber er hatte hier nichts zu suchen. Er lebte jetzt, heute, und zwar weit von hier in einer bequemen Wohnung mit seinem Engelchen, das ihm immer Geborgenheit und Heimat geben wollte, und er, der Schwächling, floh in den Alkohol und damit in die Hoffnungslosigkeit.

Er weinte hemmungslos.

Dann schnupfte er auf und tastete sich die Wand, an der er lehnte, entlang, bis er um die Ecke einen rot leuchtenden Knopf ausmachte. Damit konnte er endlich doch ein Minutenlicht einschalten. Er eilte die steile Treppe hinunter, gejagt von der Angst, jemand könnte inzwischen das Haustor abgesperrt haben.

Das war nicht der Fall. In seiner unendlichen Erleichterung marschierte er ein großes Stück zu Fuß durch die Stadt, damit die klare Nachtluft seinen Kopf und sein Herz abkühlte. Bei der Oper fand er einen Taxistandplatz und fuhr nach Hause.

„In der Schottenfeldgasse - stell dir vor, dort bin ich heute Nacht gewesen." Er erzählte es Margot wie eine Beichte, die er los werden musste. Der Schreck saß tief.

Margot starrte ihn an. Sie war fassungslos. So weit war es also mit Felix gekommen. Sie empfand es ebenso schockierend wie er selbst. Gedanken gingen blitzschnell durch ihren Kopf. Sie fühlte, sie musste jetzt richtig reagieren, um ihm wieder Halt zu geben.

„Zu deiner Heilung. Du musstest das tun - unterbewusst. Damit ist diese Periode abgeschlossen. Es wird dir nie wieder passieren."

Diese Erklärung leuchtete Felix ein, und er war für seinen Teil erleichtert, dass er dieses Kapitel vielleicht bewältigt hatte.

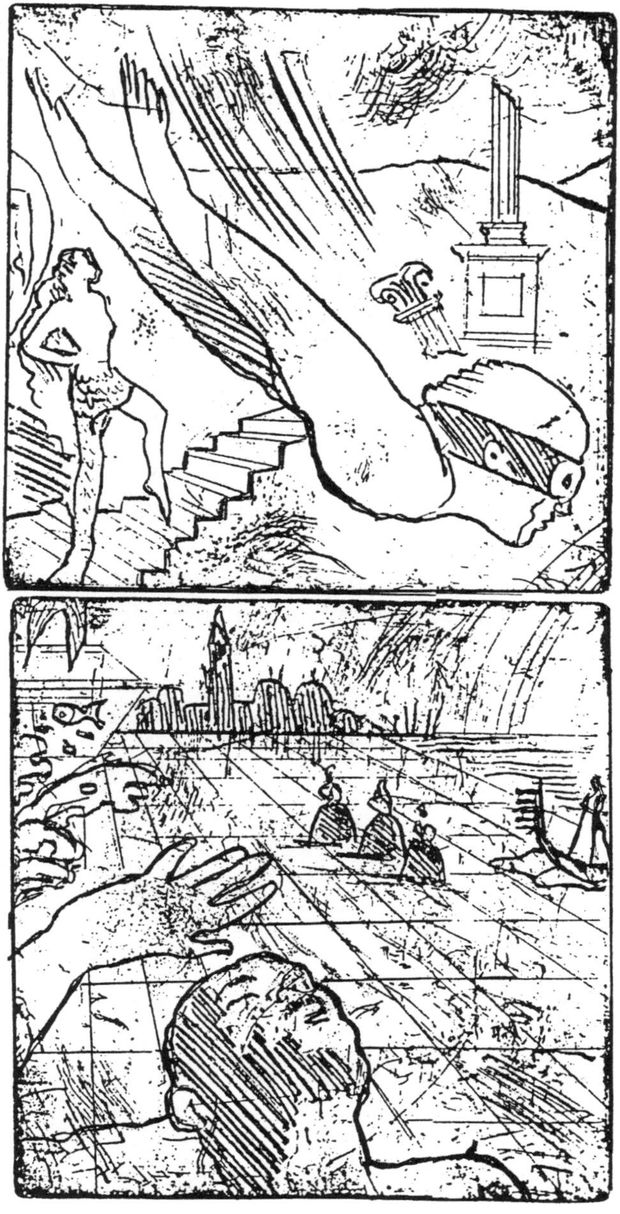

8

Felix kam spät nach Hause. Margot, schon fertig zum Niederlegen, schrieb noch an einem Geburtstagsbillet. Sie merkte schon an seinem breitbeinigen, schwerfälligen Schritt, dass nichts in Ordnung war. Wie bei einem Tier rief diese Art seines Erscheinens bei ihr alle Instinkte wach, doch durfte sie das auf keinen Fall merken lassen. Es war angebracht, so zu tun, als wäre alles bestens. Ihr Herz raste.

Umständlich zog er seinen Mantel aus und begann an seinen Schuhbändern herumzuzerren. Margot kniete nieder, um die Knoten zu entwirren, während er ständig redete, langsam nach Worten suchend, die Pausen mit schmatzenden Geräuschen überbrückend.

Er lehnte es ab, etwas zu essen. Sie solle ihm lieber zuhören, einmal auch IHM zuhören, schließlich gehöre er ja immer noch dazu, wenn sie ihn vielleicht auch schon abgeschrieben habe. Noch sei er da!

„Na, gottseidank!" sagte Margot.

„Unterbrich mich nicht immer!" Seine vordergründig freundliche Grimasse wich, er wurde ungehalten.

Margot seufzte angstvoll, unhörbar. Mehr als ihm zustimmen konnte sie nicht. Was war da wieder vorgefallen? Leider genügte schon eine Kleinigkeit, um ihn aus dem Gleichgewicht zu bringen. Er reagierte oft so erregt, als wäre er betrunken, und war es gar nicht. Sobald aber noch die geringste Menge Alkohol dazu kam, brach der Damm, der den Stausee, die schweren Wasser seiner Erinnerungen zurückhielt. Schwarz fluteten sie über ihn her, der noch eine Zeit lang tapfer grinsend dagegen ankämpfte, bald aber überwältigt war und weggeschwemmt wurde von all dem, was sich in ihm angesammelt hatte. Der Schlüssel der Promille öffnete die untersten Laden und ließ sie heraus, wiederbelebt und doch tot, Zombies von Erlebnissen und Gefühlen samt ihrer Schreckensherrschaft.

Breit und umständlich erzählte Felix, dass es ein offizielles Mittagessen mit einem hohen Besucher der Agenturkette gegeben habe, und alle waren eingeladen außer ihm, Jochen und noch einem Mitarbeiter. Er hatte nicht einmal davon gewusst, sah sie plötzlich alle weggehen und musste dumm fragen, was los war. Hatte nicht einmal die Chance zu lügen „Einer muss ja das Haus hüten!“ oder ähnliches.

Wie sehr ihn solche Zurücksetzungen verletzten, konnte Margot nachfühlen. Sie war darüber ganz entgeistert. Das war ja richtiger Terror, um die langjährigen Mitarbeiter hinauszuekeln. Sie lachte entsetzt auf und meinte:

„Na, das ist eine Firma!“

Felix reagierte schnell und erzürnt:

„Du hast leicht lachen! - Aber ich stehe da wie ein Narr...!“

Er war plötzlich nicht mehr langsam, sondern von geschmeidiger Bösartigkeit. Was immer man sagen, was immer man tun würde: Es war ein Vorwand um schuld zu sein. Jemand musste die Verantwortung haben für alles. Und Verantwortung war Schuld, so war Felix´ Verständnis. Vielleicht wollte er deswegen möglichst nie Verantwortung übernehmen, überließ es lieber den anderen oder zwang sie sogar dazu. Nie nämlich forschte man nach, wenn es um Erfolge ging. Da waren gern alle beteiligt. Nur wenn etwas schief lief, dann suchte man den Einzelnen, der Schuld daran hatte. Felix war es nicht anders gewohnt, seine Eltern hatten immer Schuldige gesucht. Der Vater als Polizist von Berufs wegen, aber der war ziemlich emotionslos dabei. Die Mutter suchte aus Selbstschutz, wollte immer jemanden finden, auf den sie mit dem Finger zeigen konnte: Der da war´s. Und fand ihn auch. Felix war mit dieser Vorgangsweise aufgewachsen.

„Du lachst! - während ich Tag für Tag erniedrigt werde. Da werden neue Geräte angeschafft, und es wird mir nichts gezeigt. Von allein kann ich es aber nicht wissen. Ich ertrag es nicht mehr, dass ich mich täglich so abwerten lassen muss. Keiner sagt mir was, auch bei anderen Sachen, keiner informiert mich. Man hungert mich aus! Und wenn ich dann wirklich etwas nicht weiß, dann heißt es: Der alte Trottel weiß nichts, kann nichts, ist nie dabei, leistet nichts mehr. Ich werde täglich total fertig gemacht, und du LACHST!"

„Aber ich lache doch nicht. Es ist schrecklich, wie man dich behandelt. Froh werde ich sein, wenn du da nicht mehr hineingehen musst..." Margot zog sich aus der Einkesselung des kleinen Zimmers vorsichtig in den Vorraum zurück. Sie sah, dass er vor einer Explosion stand. Der Alkohol hatte sich selbst entzündet. Das schwerfällig schmatzende, Worte suchende Lallen war übergegangen in brodelnde, platzende Satz-Blasen, denen man mit keinem Argument mehr begegnen konnte.

Er folgte ihr, versuchte ihr den Weg zum Wohnzimmer abzuschneiden.

„So, du wirst also froh sein! Du hältst mich also auch schon für zu blöde für die Arbeit!"

Margots Mund war ausgetrocknet, sie konnte kaum schlucken. Ihre Augen rasten suchend durch den Vorraum, dessen Enge sie besonders nah zusammen zwang. Die Küche bot keinen Schutz, Bad und Toilette waren zu weit weg. Vielleicht würde sie die Wohnungstür erreichen, vielleicht würde es ihr gelingen, auf den Gang hinaus zu fliehen. Aber wer sollte ihr dort helfen? Wenn überhaupt jemand zu Hause war, dann die alten alleinstehenden Frauchen, die bei Lärm sicher nicht einmal durchs Türguckerl zu schauen wagten.

„Aber - - „

„Ich warne dich: Unterschätz mich nicht! Ich bin nicht so

betrunken, wie du meinst. Dass du mir meine Unfähigkeit ins Gesicht werfen kannst. Du glaubst, ich bin nicht zurechnungsfähig, aber täusche dich nicht...!“

Aller Hass auf alle Frauen, die ihn je gequält hatten, war auf einmal in ihm.

Auf seine ältliche Volksschullehrerin, die ihm, dem Verspielten, mit dem Holzlineal auf die Fingerchen klopfte.

Auf die streng blickende Apothekerin, die ihm zu wenig Geld herausgab. Der Vater strafte ihn ihretwegen und ließ ihn den weiten Weg durch den Schnee nochmals machen.

Und auf unzählige andere, kaum mehr erinnerte Frauen, die ihm irgendeine Form der Erniedrigung oder des Schmerzes bereitet hatten. Nicht zu vergessen seine viel jüngere Vorgesetzte, die ihn - wenn auch ohne persönliches Zutun - verdrängt und zum Alten Eisen geschoben hatte. Allen voran aber die Mutter, die ihn in den schlimmsten Stunden seines Lebens allein gelassen hatte.

Diese Stunden würden niemals aus seiner Seele getilgt werden. Ebensowenig wie jene Wochen des Hoffens und Bangens um sein Überleben, als sie ihn auf Weisung des Arztes mit dem Wechseln der klebenden Verbände auf seinen Wunden marterte. Wie hatte er sie gehasst und sich gleichzeitig verzweifelt danach gesehnt, von ihr in die Arme genommen, von ihr vor ihr selbst geschützt zu werden, vor ihren Handlungen, Behandlungen, die seiner Heilung dienen sollten. Wie hatte er unter diesen unvorstellbaren Schmerzen geschrien, mit dem gesunden Bein nach ihr getreten, geweint, bis er benommen vor Erschöpfung einschlief.

Unvergesslich waren diese Erlebnisse in seinen Körper eingegraben und in seine Seele. Unvergänglich waren die Narben. Nur verdrängt war der Hass, er würde immer wieder hervorbrechen.

Hass übertragen auf diese seine Frau, stellvertretend für alle Frauen. Einfach weil sie in ihrer Beziehung das Weibliche darstellte. Und weil sie Mitwisserin und Zeugin seiner Schwächen war.

Seine Faust - die weißen Knöchel sternförmig daraus hervorstechend - sauste auf sie los, die mit ungläubig aufgerissenen Augen nicht weiter zurückweichen konnte als bis zur Wand. Die nun auch keine Angst mehr verspürte, als wäre sie nur Beobachterin eines Films. Die nicht glauben wollte, konnte, dass sie das wirklich erlebte. Blitzschnell - hellsichtig - die möglichen Folgen davon auch noch vorhersah und sich doch nicht persönlich betroffen fühlte, im Gegenteil: Sogar ganz kurz, mehr Zeit war nicht, einen Hauch von Mitgefühl empfand für den spürbaren Widerstreit zwischen zwangsartigem Vorschnellen und unbewusster Bremsung derselben Bewegung. Mitgefühl nicht aus seelischer Größe als Opfer, sondern als fremder, unbeteiligter Zuschauer.

In diesem Augenblick läutete das Telefon.

Die Faust traf Margot am Oberkiefer, knapp unter der Nase, doch der Schlag war in seiner Kraft gebrochen. Nicht nur hatte ein Teil von Felix versucht, ihn zurückzuhalten. Das plötzliche Schrillen des Telefons hatte - kreissägenartig - die irrwitzige Atmosphäre durchtrennt.

Felix´ Faust fiel herunter, baumelte an einem nicht zu ihm gehörendem Arm. Sein verzerrtes Gesicht verfiel, wurde schlaff. Sie standen sich gegenüber - wortlos, weißgesichtig, während das Telefon schrillte und schrillte. Dann drehte sich Felix um und ging ins Schlafzimmer.

Margot brauchte einige Zeit, bis sie sich von der Wand löste. Sie konnte nichts denken, nichts fühlen. Das Telefon hatte nun aufgehört. In der Wohnung war es still. Margot legte sich auf die

Couch im kleinen Zimmer, neben den Ständer mit der aufgehängten Wäsche, und horchte ihrem Herzen zu, das überlaut hineinschlug in die Stille.

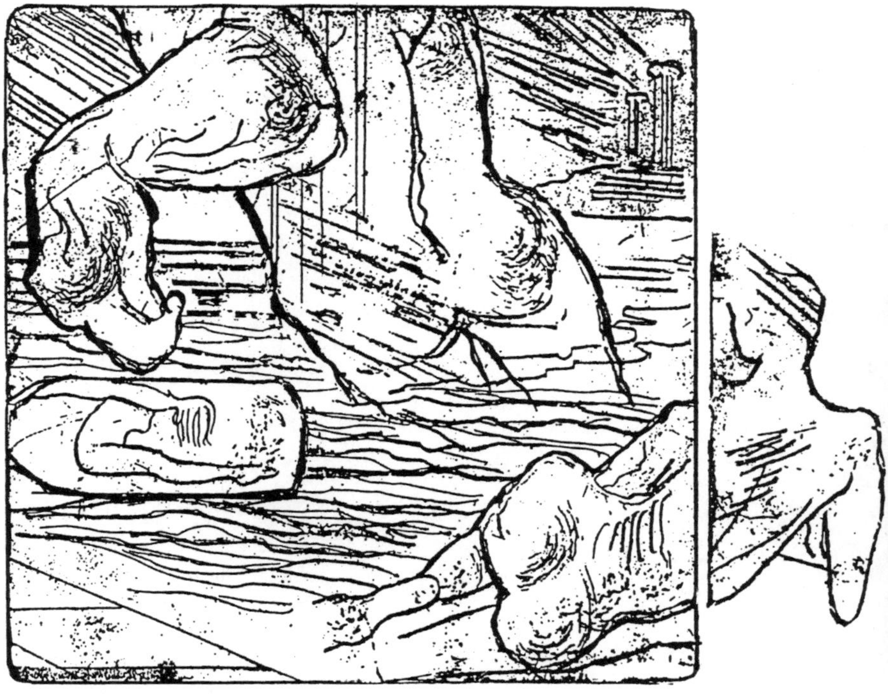

9

Es war eine wortlose Fahrt am nächsten Morgen. Was hätten sie auch reden sollen? Nach dieser Nacht konnte man wirklich nicht so tun, als sei nichts gewesen. Felix hätte sich am liebsten krankgemeldet, so elend fühlte er sich, und das waren nicht die Katergefühle. Allzu viel hatte er nämlich gar nicht getrunken. Vielleicht zwei, drei Achtel Wein - oder ein großes Bier mit einem Schnaps. Eine Menge, die einem Mann seiner Statur überhaupt nichts ausmachen durfte, ihm früher auch nichts ausgemacht hatte. Jetzt genügte sie oft schon, um ihn ausklinken zu lassen. Er schrieb es seiner nervlichen Verfassung zu, die sich mit den Jahren ständig verschlechtert hatte.

Immer wieder wurden einem neue Wunden zugefügt. Die alten aber heilten nicht ab. Er war eben kaputt. Kleinigkeiten, die andere Leute mit einem Achselzucken abtaten, oder über die sie sich in gesundem Ausmaß aufregten, brachten ihn völlig aus der Fassung. Wer weiß, vor welchem Unglück ihn das Läuten des Telefons bewahrt hatte.

Alarmglocken. Jawohl, bei ihm läuteten wirklich die Alarmglocken. Er hatte in seinem Leben genug Fehler gemacht, weitere durften nicht mehr dazu kommen. Lieber selber vorher den Notausgang wählen, bevor er als Schuldiger übrigblieb.

Der Gedanke an Selbstmord hatte ihn begleitet, seit er als Kind das Gefühl gehabt hatte, sein Dasein sei eigentlich ein Versehen. Zu viel, fand er, hatte er schon ertragen müssen. Oft erklärte er Margot, die vor Entsetzen wie gelähmt war, in allen Einzelheiten, wie sie ihn eines Tages auffinden werde. Kaum des Sprechens mächtig, flehte sie ihn dann an:

„Wenn du schon nicht an mich denkst: Denk doch wenigstens an die Buben! Das kannst du ihnen doch nicht antun. Den Vater zu verlieren, ist schlimm genug, aber auch noch so! Der Anblick. Die polizeilichen Untersuchungen. So etwas darfst du nicht tun! Sie werden dadurch belastet. Und vor allem: Womöglich glauben sie dann, das liegt in der Familie."

Lag es in der Familie?

Alle waren versammelt aus freudigem Anlass: Der Vater war aus dem Spital entlassen worden, Elmar holte ihn nach Hause.

Schon längere Zeit hatte der Vater Beschwerden beim Urinieren gehabt. Er hätte kein Wort darüber verloren, hätte es ihm nicht schließlich Schwierigkeiten beim Dienst gemacht. Der unbedingt nötige Krankenstand ließ sich weder bei den Polizeikollegen noch in der Familie geheim halten. Er war einer der Dienstältesten im Bezirkskommissariat, und man riet ihm freundschaftlich, nach der nun unvermeidbaren Operation in den Ruhestand zu gehen. Er hätte es sich schon verdient. Aber inzwischen sei es ja noch nicht so weit, inzwischen sei er bloß in Krankenstand und solle in erster Linie schauen, dass alles gut über die Bühne ginge.

Was sich zu Hause zwischen den Eltern abspielte, wie die Mutter auf den Vater einreden musste, um ihn zu einer Operation zu bewegen - Felix hat es nie erfahren. Das Verhältnis seiner Eltern zueinander, ihre Beziehung, wenn sie alleine waren, war für ihn ungeklärt. So zärtlich wie seine zu Margot war sie sicher nicht. Sie waren verschlossene Menschen, die ihre Gefühle nicht mit den Kindern teilten, die Mutter überdies streng und prüde. Doch konnte man ihnen deswegen nicht jede Regung absprechen.

Die Operation stellte sich als schwieriger heraus, als man zuerst angenommen hatte. Es musste zweimal ein Eingriff vorgenommen werden, der Vater kämpfte ums Überleben. Bei den Besuchen wirkte er, als hätte er jede Hoffnung aufgegeben. Vielleicht war es das, was ihn so schwach machte. Doch endlich ging es aufwärts, er fasste auch wieder etwas Mut, was die Genesung beschleunigte. Schließlich konnte der Katheder entfernt werden.

Der Arzt sagte, er dürfe nach Hause gehen. Er müsse nur darauf achten, dass er immer genug Harn lassen könne. Sobald das nicht der Fall sei, solle er augenblicklich wieder in die Klinik kommen. Dann müsse man eingreifen.

Elmar hatte es übernommen, den Vater zu holen, während die restliche Familie freudig darauf wartete, ihn zu empfangen. Manfred und Matti sprangen schon ungeduldig herum in Erwartung ihres Großvaters, Margot und die Großmutter mussten sie bremsen.

Der Vater war schwach, konnte nur mit Mühe die steile Treppe emporklimmen zu dieser Wohnung, in die sie nach dem Krieg gezogen waren. Für eine vierköpfige Familie war sie nicht allzu groß gewesen, aber nun, allein mit seiner Frau, war sie bequem. Elmar stützte ihn auf der einen Seite, auf der anderen hatte er zu seiner Sicherheit eine Krücke. Die solle er lieber noch ein paar Tage verwenden, bis er wieder besser auf den Beinen war.

Man aß Nachtmahl, man plauderte, der Vater wurde von den Enkeln belagert. Als es später wurde, fuhr Margot mit den Buben nach Hause. Vor allem, um dem Vater Schonung zu ermöglichen, aber auch, weil die Kinder ins Bett sollten. Felix blieb noch bei seiner Familie.

Auch der Vater entschuldigte sich bald und ging zu Bett, es war nur allzu verständlich. Die Mutter stellte Kaffee für ihre Söhne zu, sie war glücklich.

„Mach ihn aber nicht zu stark!“ rief Elmar zur Küche hinüber.

Es gab einen dumpfen Knall.

Die Mutter kam mit dem Kaffee ins Wohnzimmer:

„Sehr stark ist er nicht“, beruhigte sie. „Jetzt ist dem Vater die Krücke umgefallen. Er ist halt nicht gewohnt, damit umzugehen.“

„Ich stelle sie ihm wieder hin, damit er sich nicht bücken muss“, sagte Felix.

Er ging ins Schlafzimmer hinüber. Die Krücke stand säuberlich angelehnt neben dem Bett. Im Bett lag der Vater, zugedeckt bis zu den Schultern, die Augen geschlossen. Auf dem Sessel stand die Urinflasche. Nur wenig, viel zu wenig, war darin.

Ein lauerndes Gefühl der Angst sprang Felix an die Kehle. Er machte einen Satz vorwärts und riss die Decke weg. In seiner rechten Hand hielt der Vater die Dienstpistole. In Höhe des Herzens hatte das Nachthemd ein leicht angerußtes, kaum blutiges Loch von neun Millimeter Durchmesser.

Ein Bild wie dieses brannte sich fest im ersten Sekundenbruchteil der Wahrnehmung.

Und es eröffnete auch neue Möglichkeiten. Man konnte also eingreifen. Der Vater hatte eingegriffen, als er erkannte, dass es keinen Ausweg gab.

Dass sein Vater sich erschossen hatte, empfand Felix als gerechtfertigt. Der Tod hatte ihm schon aus den Augen gesehen. Es war keine feige Flucht, sondern nur eine Zeitverkürzung gewesen. Bei ihm selbst war es anders. Sein Vorrat an Leben war noch nicht erschöpft. Jedoch: Manchmal wollte er den ganzen Vorrat nicht mehr.

Man hatte den Kindern nichts gesagt über den Vorfall damals, sie waren also unbelastet. Großväter waren für Kinder sowieso uralt und starben eben. Das war traurig, aber sie nahmen es hin. Bei ihm - hatte ihm Margot klar gemacht - wäre das etwas anderes.

Wahrscheinlich hatte sie recht mit dem Anblick und dem Schock und so weiter, zumindest was die Angehörigen anlangte. Beim Betroffenen selbst war er nicht so sicher. Sterben war ziemlich einfach. Er hatte bei der Bombardierung seines Wohnhauses mit dem Tod Bekanntschaft gemacht. Und wenn es nach Felix gegangen wäre, hätte er nicht mehr weitergelebt.

Nach der Dunkelheit fand Felix sich von Helle umgeben, fühlte sich wie in Licht durchflutetem warmen Wasser oder in lauer Luft, schwebend. Klänge zogen durch seinen Kopf, Schwindel erregend und doch beruhigend. So wollte er bleiben.

Er gab sich diesem Klang erfüllten Schweben hin, einige Zeit voll süßer Ruhe, dann immer sehnsüchtiger werdend. Sehnsüchtig nach diesen Klang durchwobenen Hellesphären, in die er ja eingehüllt, von denen er umgeben war. Sehnsüchtig, weil er sie schwinden fürchtete, schwinden fühlte.

Das Licht schien ihm nun greller, drang durch seine geschlossenen Augenlider. Du musst zurück. Du musst leben. Er wehrte ab, schüttelte sich, der kleine Körper bewegte sich -

- die Mutter vergoss Freudentränen, hätte ihn am liebsten in die Arme genommen, an sich gedrückt, doch streichelte ihn nur vorsichtig, weil sie fürchtete, ihm weh zu tun.

Das Licht des Krankenzimmers war störend. Abwehrend glitten seine Lider wieder über die Augäpfel, doch die Mutter flüsterte eindringlich und glücklich:

„Du wirst leben, Felix mein Bub, mein Kind, du musst leben...“

Sie hielt seine Hand und er die ihre. Er konnte nicht sprechen, konnte es ihr nicht sagen - aber er hätte lieber nicht mehr gelebt. Doch nun war es wohl so. Er hatte kein Mitspracherecht. Er war so müde. Er schlief ein.

„Danken Sie Gott, Frau Eibesperger“, sagte der Arzt. „Die Krise scheint überstanden.“

Von Narben gezeichnet war er zurückgeblieben. Narben, für die er sich fürchterlich schämte. Er vermied den Turnunterricht so gut es ging oder das Schwimmen mit Freunden, trug wenn immer möglich lange Hosen, die das Bein bedeckten. Eine seiner quälendsten Sorgen, die er unausgesprochen, heimlich, mit sich herumtrug, war, dass er sich nie vor einem Mädchen würde ausziehen können. Wenn er heute zurückdachte, musste Felix schmunzeln. Im entscheidenden Augenblick hatte er an alles andere gedacht als an seine Narben.

Er war nun wieder so weit, Margot nicht mehr die volle Schuld an seinem Auftritt zu geben. Aber was musste sie ihn auch mit so provokanten Bemerkungen reizen! Das war doch - wenn schon nicht boshaft, zumindest äußerst ungeschickt.

Je öfter er die nächtliche Szene durchspielte, und sie ging ihm wie eine Endlosschleife durch den Kopf, desto unschärfer wurde sie. Wie bei einem zu oft abgespulten Video bekam das Band Streifen und blinde Flecken, die sich mit jeder Wiederholung mehrten. Schließlich konnte er nur mehr erkennen, dass er sich sehr geärgert hatte und darüber aufgebraust war. Der Rest war irgendwie gelöscht worden.

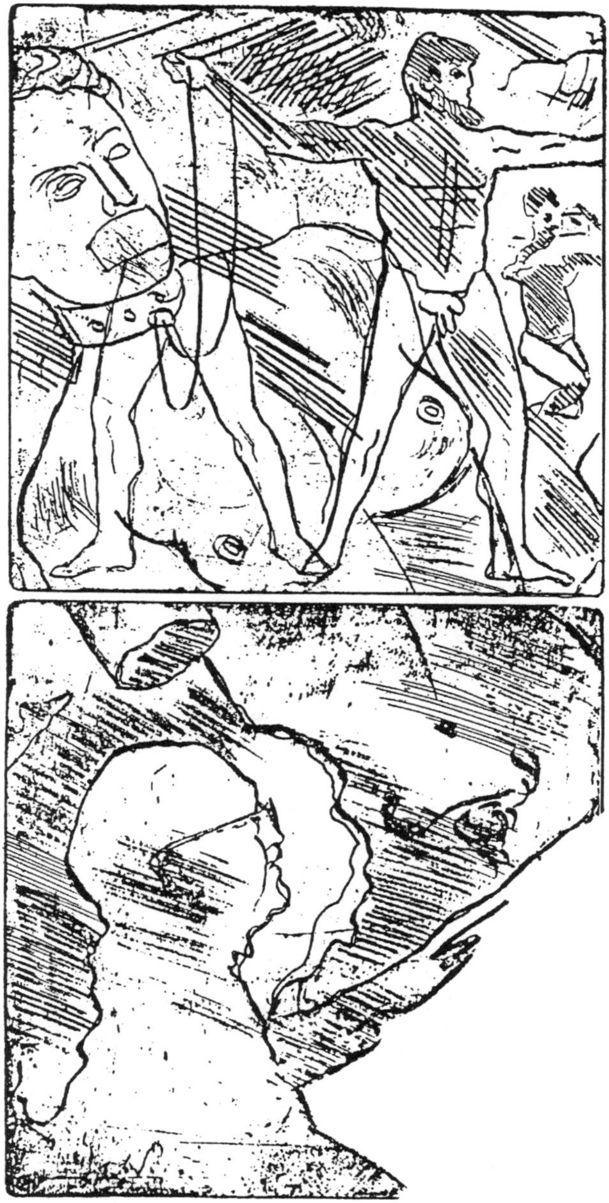

10

Margot hasste. Sie dampfte vor Hass. Im Auto neben Felix sitzend wunderte sie sich fast, dass die Scheiben nicht davon beschlugen.

Wenn irgendetwas Schreckliches oder Außergewöhnliches vorfiel, hieß es immer: Das Leben geht weiter. Jeden Morgen ging bei ihnen das Leben also weiter, egal, was am Abend vorher passiert war. Und niemand rundherum merkte etwas. Voll Bitterkeit musste sie sich eingestehen: Sie war ja eine Komplizin. Eine Verbündete, die ihm dieses scheinbar normale, unauffällige Leben überhaupt erst ermöglichte.

Ja, wenn sie erschlagen worden wäre, wie andere Frauen vor ihr, dann wäre überall gemunkelt worden:

„Wer hätte das gedacht, die Familie Eibesperger! Wo die doch so eine gute Ehe geführt haben! Naja - zumindest nach außen hin..."

Dabei hatte Margot das Gefühl, ihre Ehe sei nach außen hin weniger gut als tief innen. Diese Ausbrüche, diese explosiven Äußerungen von Felix´ Krankheit waren - die Wörter, die ihr dazu einfielen, zeigten es - Äußerlichkeiten, Ausnahmesituationen. Sie hatten nichts zu tun mit ihrer inneren Bindung. Die war gegeben, bei allem momentanen Hass.

Und den hatte sie, jawohl. Sie war kein Engelchen, verabscheute es, wenn Felix, wieder einmal zu Kreuze kriechend, sie einen Engel von Frau nannte, die beste, edelste, aufopferndste - und dergleichen Sabbereien mehr. Sie war weder der Engel noch der an allem schuldige Teufel, den er bei anderen Gelegenheiten in ihr zu finden insistierte. Sie war ein normaler Mensch und wollte als solcher angenommen werden.

Margot hatte ein Faible, über das ihre Kollegen und auch Felix oft lächeln mussten: das wörtlich Nehmen von Wörtern sowie das Zitieren von Sprüchen. Es war gar nicht zu verhindern, dass ihr im Rahmen ihrer Gedankengänge sofort eine passende Verszeile oder irgendein Spruch durch den Kopf ging. Gerade dachte sie, dass sie im Laufe der Jahre viele Verhaltensweisen von Felix verstehen gelernt oder zumindest erkannt hatte, worauf sie zurückzuführen waren. Und „alles verstehen hieß alles verzeihen“.

Sofort verwehrte sie sich aber dagegen. Wenn auch die Gründe oft einzusehen waren, so war deshalb noch lange nicht alles verzeihlich. Sie wollte ihn beschimpfen, ihm ihre Meinung sagen, ihre ganze verängstigte Wut herauslassen - -

Aber wo anfangen? War es die Fülle der Emotionen, die sich vor ihren Lippen staute wie Menschenmassen, die gleichzeitig durch ein Tor drängten. Oder war es die über die Jahre erlernte Angst vor seiner Reaktion, seinen Ausbrüchen, mit denen er reagierte? Es ging ihr wie den drei weisen Affen: Nichts reden, nichts hören, nichts sehen. Auch diese letzten beiden Wahrnehmungen waren ihr nämlich fallweise untersagt. Zum Beispiel wenn Felix - wie so häufig - gierig den Kühlschrank plünderte.

Warum er das immer heimlich tat, also wenn sie gerade nicht in der Küche stand, war ihr ein Rätsel. Schließlich hatte sie praktisch alles, was im Kühlschrank war, für ihn eingekauft. Die Familie bestand nur aus ihnen beiden. Felix durfte also annehmen, dass sie die Sachen, die er gerne aß, eigens für ihn hineingelegt hatte. Ihre Kontrolle diente einzig den Ablaufdaten und dem rechtzeitigen Nachschaffen. Trotzdem stopfte er meist heimlich in sich hinein, so schnell wie möglich, dass sie es nur ja nicht sehen möge. Wenn er wahrnahm, dass sie ihn dabei - völlig unbeabsichtigt - bemerkte, ging es schon los voll Bitterkeit:

„Hast du schon wieder gehört, dass ich den Kühlschrank aufmache..." „Hast du schon wieder gesehen, dass ich nasche...", „Kontrollierst du schon wieder, was ich esse..." und so weiter.

Es war ihm nicht klar zu machen, wie ungerechtfertigt seine Angriffe waren, wie unnötig sein schlechtes Gewissen. Am einfachsten war noch, nichts zu hören und nichts zu sehen wie die berühmten Affen.

In der Zeitung war ihr der Bericht eines amerikanischen Institutes über Essgewohnheiten aufgefallen. Darin stand unter anderem, wer ständig im Kühlschrank nach Essbarem suche, könne weder körperlich noch seelisch richtig satt werden. In Bezug auf Felix war was Wahres dran. Ihr Faible für die Bedeutung von Wörtern ging wieder mit ihr durch: Ständige Suche war doch nichts anderes als Sucht.

Was suchte er nur? Er hatte mehr zu essen als viele andere, neigte schon fast zur Fülle und wurde doch nie satt. Er bekam mehr Liebe und Zuwendung als andere und hatte doch nie genug. Sie wusste sich keinen Rat, fand Felix unbescheiden, unersättlich, hasste ihn dafür, für diese Unverschämtheit, immer noch und noch zu wollen und wortlos zu fordern.

Elend. Sie fühlte sich elend.

Sie klappte den Spiegel herunter, der an der Sonnenblende im Auto befestigt war, und sah hinein. Sie sah alt und verfallen aus. Kein Wunder. Nur Glück machte schön. Durchsorgte, durchwachte Nächte hatten nicht die Wirkung einer Schönheitsfarm. Auch nicht, wenn der Mann zum Beispiel herzkrank war. Aber das konnte man wenigstens jedem mitteilen. Wenn aber, wie in ihrem Fall, der Mann nicht herz- sondern seelenkrank war, stand man alleine da. Niemandem konnte man aufzählen, was man ihm an Nächten opferte. Und wenn man es dennoch wagte, spürte man von Angesicht zu Angesicht den Verdacht der Mitschuld.

Fremd begegnete sie ihren müden Augen in der kleinen Spiegelscheibe, die ihr wenigstens die Gnade zartmilchiger Blindheit bot. Margot schien es seltsam - als sie dieses traurige Abbild einer Frau in dem erblindenden Spiegel anstarrte - , dass sie Felix gar nicht deswegen am meisten zürnte, weil er sie geschlagen hatte, vielleicht sogar erschlagen hätte. Nein. Am meisten zürnte sie ihm, weil er ihr die Nächte stahl. Sie brauchte den Schlaf mehr denn je für ihr Aussehen. Die zu kurzen Nächte nahmen der Haut die Möglichkeit, sich zu erholen. Der Kummer zog ihre Gesichtszüge abwärts, das Fleisch in den Augenhöhlen war eingefallen.

Also gut, sie war eitel. Sie wollte so gut aussehen, wie es ihr möglich war. Margot hatte sich nie als schön empfunden, konnte auf Anhieb sofort zwei Hände voll Unzulänglichkeiten aufzählen, während ihr kein einziger Vorteil einfiel - außer Beobachtungsgabe und Disziplin, und die waren gar nicht äußerlich. Diese beiden Eigenschaften, die ihre Lebenseinstellung prägten, bewirkten aber zusammen mit ihrem Charme, dass ihre äußeren Mängel anderen Leuten wenig auffielen.

Sie wirkte jünger als sie tatsächlich war, zum Großteil durch ihre zierliche Figur. Dazu kam ihre junge Art sich zu bewegen. Das Rezept war so einfach wie erfolgreich. Sie hatte beobachtet, dass gute Schauspieler den Alterungsprozess allein durch die Art ihrer Bewegung, durch Körpersprache ausdrücken können. Ihre Schlussfolgerung war: Wenn man als Jüngerer Alter ausdrücken kann, dann kann man - sofern man nicht krank oder behindert ist - auch als Älterer Jugendlichkeit ausdrücken. Viele dieser alt wirkenden Verhaltensweisen waren sowieso nur schlechte Gewohnheiten. Ihr Geschäftsführer zum Beispiel, gesund und viele Jahre jünger als sie, ließ sich dennoch ächzend und stöhnend in seinen Autositz fallen und kroch auch nur ächzend und stöhnend wieder hoch.

Margot klappte die Sonnenblende mit dem Spiegel wieder zurück. Ihr Hass war der Müdigkeit gewichen. Haltung, Kleidung, Frisur - da konnte man ja etwas machen. Aber das Gesicht, der „Spiegel der Seele“ wie es immer hieß, gab einen rückhaltslos preis.

Es war schmerzhaft, sich selber altern zuzusehen, und wenig Trost kam daraus, dass es den anderen genauso ging. Dabei ging es gar nicht darum, ewig jung zu bleiben. Es war eine Tatsache, dass nach dem Aufbau der Abbau folgte. Folgen musste. Aber trotzdem konnte sie doch versuchen, dabei so gut wie möglich auszusehen! Dass Felix ihr da in den Rücken fiel und sie nicht nur innerlich, sondern auch äußerlich beeinträchtigte, trug sie ihm bitter nach.

Sie seufzte. Das Wichtigste war, das Herz faltenfrei zu halten. Das war Aufgabe genug. Gedankenverloren hing ihr Blick an dem Auto vor ihnen, das ebenfalls vor der Ampel stehengeblieben war. Vögel spiegelten sich samt dem Himmel in der geschwungenen Heckscheibe. Für einen kurzen Augenblick zogen sie über das im Glas gewölbte Firmament, dann waren sie wieder verschwunden. Margot tat einen winzigen Ausruf des Erstaunens, der Felix aus seinem Brüten über dem Lenkrad riss. Er wusste nicht, worum es ging, aber er versuchte ein Lächeln.

11

„Also meinetwegen müsste man Muttertag nicht extra feiern“, meinte Margot, lehnte sich vorsichtig mit ihrer Kaffeeschale zurück. Die Sitzgarnitur bei Monika und Manfred war so tief, dass sie Sorge hatte, die Polster würden über ihr zusammenschlagen. Wie sollten sie und ihr Kaffee daraus je wieder hoch kommen?

„Es ist jedenfalls eine Bomben Werbeidee für die Geschenkindustrie. Frag unseren Fachmann!“, sagte Manfred mit einer Kopfbewegung Richtung Vater.

Einmal im Jahr dürfe man ruhig darauf hinweisen, was Mütter täglich für ihre Kinder täten, warf Felix ein. Aber natürlich sei auch viel Geschäftemacherei dabei.

„Macht mir nur ja nicht den Muttertag schlecht!“ rief Monika mit gespieltem Vorwurf. „Jetzt, wo ich bald auch daran teilhaben werde!“

So, nun war es heraußen.

Einen Augenblick herrschte Stille, dann freudige Überraschung.

„Na - was sagt ihr dazu?“ rief Manfred begeistert über den Tumult hinweg, der sich erhob, eben weil jeder etwas dazu sagen wollte.

„Ich hab schon geglaubt, ich werde das nie erleben...“ sagte Felix still. Er war ergriffen. Doch Manfred ließ ihm keine Zeit, sich diesem Gefühl hinzugeben:

„Ja du! Ich hab schon gesagt zur Monika: Jetzt muss es aber bald klappen, der Vater rennt schon mit dem Kinderwagen hinter uns her...!“

Alles lachte. Felix hatte nie darüber gesprochen, aber sein Wunsch nach einem Enkelkind war in den letzten Jahren immer größer geworden, oft schmerzhaft und unbändig, als könne von dem hoffnungsvollen Neubeginn eines kleinen Menschen ein wenig Neubeginn, ein wenig Hoffnung auch für ihn abfallen. Margot hatte seinen Wunsch geahnt, erfühlte ihn aus fallweisen Andeutungen. Aber nie hätte Felix sich darüber zu den Kindern geäußert. Er wusste, dass Anfeuern nichts half - im Gegenteil - , war auch zu scheu, darüber zu sprechen. Und doch hatte Manfred es erahnt. Margot war berührt und verwundert.

Unzählige Fragen waren auf einmal zu besprechen. Würde Monika, die ihre Stellung bei Incentive Reisen sehr liebte und auf Karriere gehofft hatte, Karenzurlaub nehmen und wie lange. Was hatte ihre eigene Mutter dazu gesagt. Was würde man in der Wohnung machen müssen und so weiter. Die Glut fröhlicher Begeisterung durchzog die Gemüter, gab dem Nachmittag einen warmen Glanz.

Felix nahm Margot die leere Kaffeeschale ab, half ihr aus dem allzu weichen Sofa hoch.

„Einen Nachteil hat das ganze schon“, klagte er, schelmische Blitze in den Augen. „Ich bin mit einer Frau hergekommen und muss mit einer Großmutter nach Hause gehen...“

Margot boxte ihn in die Seite.

„Du Unhold! Ist eine Großmutter keine Frau mehr?“

Manfred ergriff ihre Partei:

„Es ist genau, was ein Großvater verdient!“

Felix umarmte ihn noch ein wenig fester als sonst beim Abschied.

„Ich freu mich.“ sagte er.

Die Nachricht baute ihn sichtlich auf. Die - wie er meinte - Lastenfreiheit, die Un-Schuld eines neu auf die Welt kommenden Menschen, an der er teilhaben konnte, beschäftigte ihn sehr, und er sprach - seine übliche Art, laut zu denken - lange Zeit von nichts anderem. Allerdings nicht in der Agentur, wo die natürlichen Lebensläufe zugunsten einer gleichbleibenden Glashaus-Jugendlichkeit unterdrückt wurden. Es war eine seltsame Welt der Künstlichkeit, der geistigen Inzucht, wie Felix immer mehr zu Bewusstsein kam, und er fragte sich, wie lange er selber überzeugt dabei mitgespielt hatte.

Die Vernunft würde einem sagen, dass eine Agenturmannschaft altersmäßig ähnlich gemischt sein sollte wie die Bevölkerung, die zu umwerben war - Kleinkinder und Greise ausgenommen. Wie sollten aber Jungwerber, die gerade ihre erste Wohnung bezogen oder gar noch bei den Eltern lebten, wissen, wie es Familien ging, wenn die Mutter wegen eines Babys ihr Einkommen aufgeben musste. Oder den Männern im besten Alter, die bisher ihre erreichte Position mit Prestigekäufen zu wissen getan hatten und nun vielleicht entdeckten, dass es auch andere Werte gab. Oder wie ältere Leute angesprochen werden wollten, damit sie sich für eine Reise oder ein neues Auto interessierten?

Sie konnten es nicht wissen. Und mit dem Einfühlen war es so eine Sache. Alles, was man bereits erlebt hatte, sei es auch lange her, konnte man sich vorstellen. Man konnte sich hineinfühlen zum Beispiel in das nach Süßigkeiten gierende Kleinkind vor einer Auslagenscheibe, auch wenn man zwanzig oder vierzig Jahre älter war.

Sehr viel schwerer konnte man sich in noch nicht Erlebtes hineindenken. Das galt schon für Felix, der überaus feinfühlig war und auch bereit, sich auf Menschen einzustellen. Wie sehr erst für diejenigen seiner Kollegen, die es gar nicht versuchten. Die werblichen Selbstdarsteller waren auch bei C,B & Co stark vertreten, nach Felix´ Meinung sogar überproportional. Ihnen ging es nicht um die Zielgruppe, sondern vorrangig um den Ruf ihrer persönlichen Kreativität. Damit bekränzten sie sich gegenseitig, abends, in Rauch geschwängerten In-Lokalen, wo sie Nächte lang über „clevere lines“ diskutierten, die niemand verstand außer - manchmal - sie selbst.

Felix hielt das für werblichen Inzest und im Grunde für Menschen verachtend. Sollte man jemandem, den man umwirbt, nicht mit Verständnis und Zuneigung begegnen? Dazu musste man die Menschen aber kennen lernen, und das konnte man sicher nicht in dieser Szene, wo schwarz gekleidete, schwarz bebrillte Gestalten die Nächte damit zubrachten, sich selbst überragend zu finden.

Es war auch ein typisches Single-Gehabe. Leute mit Partner oder gar mit Kindern konnten sich kaum daran beteiligen. Taten sie es, so waren sie bald wieder im Single-Zustand zurück. Davon kannte Felix eine Menge. Susanne Redlich gehörte zum Beispiel dazu. Viele dieser Typen waren nicht willens, ihr Szene-Leben wegen eines Partners einzuschränken oder sich so mit ihm zu verständigen, dass daraus eine dauerhafte Gemeinschaft entstehen konnte.

Was Felix am meisten verwunderte und auch ärgerte war, dass es diese Typen ausgerechnet in die Kommunikationsbranche trieb. Werbung war ein normaler, besonders Kunden orientierter Beruf, wurde aber von eben diesen Selbstdarstellern als Bühne missbraucht. Also zur Berufung hochstilisiert. Das dokumentierten sie dadurch, dass sie ihr auch die Nächte opferten und - erst spätvormittags in der Agentur erscheinend - laut und im Detail schilderten, wen sie getroffen und mit wem sie welche Meinung ausgetauscht hätten. Diejenigen, die den Abend mit Frau oder Freundin verbrachten oder lieber mit ihren Kindern zusammen waren, verhielten sich ruhig. Sie, die tatsächlich an den unversiegbaren

Quellen des Lebens saßen, spürten, dass man ihr Verhalten für hinterwäldlerisch hielt und auf sie herabblickte. Es war daher ganz natürlich, dass man über die Familie, die man vielleicht hatte, in der Agentur nicht sprach, die Kinder totschwieg und alles, was man mit ihnen erlebte. Und erst gar Enkel - wie nun in Felix´ Fall.

Warum war ihm das nicht früher aufgefallen? War es früher anders gewesen? Felix empfand eine dumpfe Trauer, dass seine Lebensauffassung und seine Berufsrealität auseinanderdrifteten. All die Jahre, seit er als junger Grafiker von der Akademie gekommen war, hatte er die Werbung als Glücksfall für sich empfunden. Es gab nicht viele Möglichkeiten, wo man seine Begabung zusammen mit anderen schöpferisch einsetzen konnte. Die Arbeit in der Agentur war kein Einzelkämpfertum. Es war das Zusammenspiel einer durch die hohe Fluktuation ständig wechselnden, aber immer begeisterungsfähigen Gruppe, der anzugehören er immer als aufregend und spannend geschätzt hatte. Bedeutsam für ihn war auch, dass es um Menschen ging, sie zu überzeugen, ihnen etwas klarzumachen, sie zu etwas zu bewegen - zu einem Kauf oder einer Handlung - , und dazu musste man sich intensiv mit ihnen auseinandersetzen, ihre Wünsche, Bedürfnisse und Sehnsüchte aufspüren.

Er grübelte vor sich hin, während er das karrierte Tuch auf dem Tischchen im Vorgarten des ATTACHÉ glattstrich. Karl Jekovsky hatte ihn noch zu einem Bier animiert, als sie sich im Aufzug abwärts trafen. Der Abend war warm, wie oft schon um diese Jahreszeit. Nach dem Druck in der Agentur den Tag in einem Schanigarten ausklingen zu lassen, war angenehm. Karl war viel jünger als Felix, aber auch schon durch mehrere Agenturen gegangen. Felix´ Überlegungen nötigten ihm Zustimmung ab:

„Es stimmt schon, irgendwie hat der Teamgeist gelitten. Jetzt haben wir so kaltschnäuzige Möchtegern-Stars, die nur für die eigene Imagepflege arbeiten. Nicht nur bei uns ist das so. Ich kenne eine Redakteurin beim ORF, die sagt das auch: Nicht die, die es angeht, stehen im Mittelpunkt, sondern die Eitelkeit diverser Kreativer. Aber ich sage dir: Bei uns in der Agentur liegt das am Schreiber. Das ist seine Denkweise. Er nimmt die Leute schon danach auf - vielleicht unbewusst. Er ist ein Zyniker, ein Menschenverächter. Der will ja gar nicht, dass die Leute gut zusammenarbeiten. Er spielt sie gegeneinander aus, weil er sich vom Konkurrenzkampf bessere Ergebnisse erhofft. Naja -", resümierte er für sich und verstaute Geldbörse und Feuerzeug in seinen Hosensäcken, „warum soll´s nicht auch einmal besser werden? Das kann wieder der Vorteil davon sein, dass das Personal so schnell wechselt. - Und jetzt sag ich dir Gute Nacht, ich will heim. Es spielt heute einen Action-Film, den ich gern sehen möchte..." Er war fast ein wenig verlegen, dass er etwas Nicht-Geschäftliches vorhatte.

Felix winkte der Kellnerin, die unter ihrem abgehetzten Gesicht eine birnenförmige Figur zwischen den Tischchen durchschob, die dicken Schenkel aneinander reibend bei jedem Schritt.

Sie wiederholte seine Bestellung, wischte mehr nervös als pedantisch ein paar Brösel vom Tisch und enteilte, wobei sie ihre Birne hastig, aber geschickt durch die Engstellen des Schanigarten steuerte. Felix sah ihr nach. Wer weiß, welche Last auf ihrer gehetzten Seele lag - hier in der Arbeit oder daheim bei der Familie.

Familie. Seine Gedanken schweiften zu der neu entstehenden Familie seines Sohnes, füllten ihn mit Wärme. Sie würden ihre Aufgabe schon gut machen, sie erwarteten dieses Kind ja mit Freude. Das Wunder eines neuen Menschen, seiner - wie er mehrfach für sich wiederholte - Un-Schuld, faszinierte ihn, füllte ihn mit Hoffnung, als sei es ein Versprechen. Bilder von seinen eigenen Söhnen stiegen in ihm hoch. Erinnerungen, raschelnd wie die Blätter eines alten Tagebuches, die Ränder schon abgegriffen, man konnte vorwärts und rückwärts darin blättern nach Belieben. Wehmut erfüllte ihn, vermischt mit einem Anflug von schlechtem Gewissen. Wahrscheinlich hatte er sich nicht besonders um sie gekümmert. So wie er das heute bei jungen Männern sah, dass sie ihre Kinder fütterten und spazieren führten, sicher auch wickelten, das hatte er nicht getan. Er hatte mit ihnen gespielt, war später mit ihnen fortgegangen. Aber er war abends doch auch oft weggewesen mit Kollegen oder Freunden.

Wie hatte ihre Kindheit so unbemerkt verstreichen können? Sehnsucht legte sich schwer auf ihn. Mehr und mehr bemerkte er in den letzten Jahren: Er hatte Sehnsucht nach Manfred und Matti. Er wollte sie halten, an sich drücken, das Gesicht an ihnen vergraben. Sehnsucht nun sogar schon nach dem Ungeborenen. Dieses Gefühl und seine überraschende Intensität beunruhigten und befremdeten ihn, waren ihm tatsächlich bisher fremd gewesen. Ja - oberflächliches Vermissen der Kinder, wenn sie während der Ferien länger weg waren, das war ihm vertraut. Vielleicht war es die Stille der Wohnung, die Änderung des Tagesablaufes, die sich darin ausdrückte. Aber diese neue Sehnsucht - körperlich und schmerzhaft und bisher nicht bekannt - erschreckte ihn, weil er sie bei anderen nicht verstanden hatte.

„Es wird schon alles gut gehen." Felix´ Vater mimte Optimismus.

Aus einer Ecke des Wohnzimmers klangen die Streitereien von Manfred und Matti.

„Schluss jetzt, Kinder, sagt den Großeltern Auf Wiedersehen!", rief Margot, die schon angezogen in der Tür stand.

„Auf Wiedersehen, Oma! Auf Wiedersehen, Opa!" Die Buben richteten ihre Gesichter empor zum Kuss. Gesichter, denen man ansah, dass sie mit ihrer Auseinandersetzung beschäftigt waren und diese im Stiegenhaus augenblicklich fortsetzen würden.

Der Großvater beugte sich herab zu ihnen und umarmte sie, presste sie an sich, die es sich mit schlaff hängenden Armen gefallen ließen, zwei kleine Bündel Mensch, an die sich ein großer Mensch klammerte. Felix nahm es in sich auf, dieses Bild, als eines von vielen, die ihm später oft und oft durch sein fotografisches Gedächtnis gingen.

„Wiedersehen, Vater, und nochmals alles Gute! Ich komme nach der Operation gleich zu dir." Felix ergriff herzlich und fest seine Hand.

Der Vater zog ihn an sich - er hatte sich in letzter Zeit angewöhnt, das zu tun - und drückte ihn an die Brust. Felix war es unangenehm, so intensiv umarmt zu werden. Es befremdete ihn, so eng an eine andere Männerbrust gepresst zu sein, auch wenn es die seines Vaters war. Er fand es einfach unmännlich, altweiberhaft, sentimental. Und sein Vater, der Mann, der durch den Krieg gegangen war und gehärtet daraus hervor wie Eisen durch Feuer, und der den wenig gefühlsträchtigen Beruf eines Polizeibeamten ausübte, wurde - so beobachtete er - jedes Jahr sentimentaler.

Natürlich, sein Vater war nie gefühlskalt gewesen, aber unsentimental. Ihr Verhältnis zueinander war ein gutes. Hätte man Felix gefragt, er hätte es herzlich genannt. Aber wie gesagt: ohne Herzen und Küssen. Doch in der Entwicklung der Jahre brachen beim Vater mehr und mehr Emotionen durch, und das hatte nichts zu tun mit der bevorstehenden Operation. Auch banale Verabschiedungen wurden immer langwieriger, schließlich Minidramen des Vielleicht-niemals-Wiedersehens. Es schien Felix, als klammere sich sein Vater an die Jugend, ans jung Sein, indem er ihn oder die Kleinen an sich presste. Der Vater war aber ein reifer Mann. Er musste bereits wissen, dass man nicht immer jung blieb.

Felix konnte diese neu aufkommende Gefühlsduselei nicht verstehen und buchte sie unter dem Sammelbegriff „Alterserscheinungen" auf der Negativseite der Familienbilanz.

Es war ihm noch nicht klar gewesen, dass sich auch die Gefühlswelt änderte in dem Maße, in dem sich die Proportionen des Lebens verschoben. Sehr wahrscheinlich hatte auch sein Vater diese Sehnsucht kennengelernt, die mit den Jahren kam. Gefühle fragten nicht, ob sie angenehm waren oder nicht, sie machten sich ungefragt breit.

Und dann das Wissen, dass man immer älter wurde. Von dem er als junger Mensch angenommen hatte, zu wissen genüge bereits für eine angemessene Bewältigung - so hatte er es jedenfalls von seinem Vater erwartet. Nichts war es wert, absolut nichts, war hohl, abstrakt, bedeutungslos. Es verhielt sich wie bei Liebeskummer oder schwerer Krankheit: Die Tatsache, dass gleichzeitig unzählige Leute ebenfalls litten, half einem wenig. Da musste jeder selber durch, da hatte man innerlich zu tun. Felix dachte an Karl, der gerade nach Hause geeilt war, um einen Action-Film im Fernsehen zu erleben. Schwer verständlich. Er brauchte nur die Augen zu schließen, und es spielte sich genug ab, innerlich, meist mehr als ihm lieb war.

Da war die Vergangenheit, überfließend an Erinnerungen, die konnte man nicht einfach wegwerfen wie alte Briefe. Freilich,

Margot war der Meinung, man sollte lieber das Heute bewusst erleben, dann bräuchte man sich nicht im Nachhinein damit zu beschäftigen. Felix aber war ein Lebens-Wiederkäuer, schlang alles unverdaut in sich hinein und stieß es später wieder und wieder auf, um es durchzukauen. Ideal war das nicht, aber wie sollte er sonst mit allem fertig werden?

Er hing seinen Gedanken nach, die langsam verschwammen, unscharf wurden wie ein Mondhof. Schließlich erhob er sich mit ungenauen, tastenden Bewegungen und schlug den Heimweg ein.

12

Margot nahm die Einkäufe aus dem Kofferraum. Die Lebensmittel mussten dringend in den Kühlschrank, im Auto war es bereits unerträglich heiß. Auch hier vor ihrem Haus stand der Wagen in der Sonne, obwohl die Straße von Bäumen gesäumt war.

Ein kleines Mädchen kam den Gehsteig entlang. Margot blieb mit ihren Taschen stehen, um es vorbeizulassen, denn das Kind - es mochte etwa drei Jahre alt sein - war vollkommen in Gedanken versunken, achtete nicht auf die Welt ringsum. Dann, als tauche es aus tiefer Versenkung auf, wurde seine Haltung plötzlich straffer, und es blickte sich sichernd um. In überraschend großem Abstand hinter ihm ging ein Mann, ebenfalls völlig in Gedanken. Es war offensichtlich der Vater, der die Kleine vom Kindergarten an der Ecke geholt hatte. Dass er nicht neben oder unmittelbar hinter diesem kleinen Kind ging, fand Margot eigenartig, auch die Tatsache, dass beide gleichzeitig und dennoch unabhängig von einander so deutlich in ihre eigenen Welten eingesponnen waren. Doch konnte sie keine unangenehme Atmosphäre wahrnehmen. Beide waren einander sicher, und das Kind bestätigte dies, indem es nach seinem Rück-Blick völlig ruhig weiterging, seine Aufmerksamkeit jetzt wieder der Welt rundherum zuwendend. Als es Margot wahrnahm, strahlten seine Augen auf, und es schenkte ihr ein Lächeln. Dabei setzte es gelassen seinen Weg fort.

Diese Begegnung beschäftigte Margot lange. Tatsächlich dachte sie noch Monate später daran, auch, dass sich ihr der Ausdruck „schenkte ihr ein Lächeln“ genau so, altmodisch wie er war, aufgedrängt hatte. Das Lächeln! Es war kein Kleinkinderlächeln gewesen, weder anbiedernd noch verlegen, wie sie es von unzähligen lieben Kindern kannte. Dieses Lächeln war absolut alterslos, das Leuchten an sich, reif und strahlend. Was für ein Geschenk. Sie wollte es aufheben und immer dann hervorholen, wenn sie einsam und im Dunkel war.

„Siehst du den wunderschönen Stern, den die Blätter bilden?" sagte ihr Vater. Margot war hingefallen, hatte über eine stachelige Distel geklagt. Er half ihr hoch, und während sie noch etwas wehleidig über ihre Knie strich, waren ihre Augen schon neugierig bei der an den Boden gepressten Blattrosette mit ihren glänzenden Silberspitzen.

„Ich weiß nicht, wie sie offiziell heißt. Wir haben als Kinder immer >Zigeunerbrot< dazu gesagt. Schau her - - „ Er nahm sein Klappmesser aus der Tasche und stach die strohige Blüte aus, die er putzte, bis nur mehr der etwa kleinfingerdicke Blütenboden übrigblieb. „ - - ihren Blütenboden kann man essen!"

Er biss ein kleines Stück ab und aß es. Vorsichtig kostete auch Margot davon, während sie sich mit beiden Händen an die große Hand klammerte, die das Stück Distel festhielt. Es schmeckte nussig und gleichzeitig wie Kohlrabi, war nichts Überragendes, aber doch - aufregender Weise - ein Stück wilde Wiese, das man essen konnte.

„Ich auch! Ich auch!" zeterte Doris und sprang neben ihnen auf und ab.

„Du hast dich doch gar nicht gestochen!" wies Margot das Ansinnen der Schwester gekränkt zurück. Die Distel schmeckte aber nicht so verlockend, dass sie sie alleine aufessen wollte, also überließ sie den Rest großmütig der kleinen Doris und den alles verwertenden Ameisen.

Es war wunderbar, mit dem Vater in der Natur zu sein. Er kannte alles, so schien es Margot, und wusste alles. Abends, wenn sie schon im Bett lagen und der Himmel klar war, zeigte er ihnen die Sterne.

„Schau nur, tausende sind es, was sag ich: Millionen! Milliarden von Sonnen. Nur aus der großen Entfernung sehen sie aus, als wären es Punkte..."

Margot blickte hinauf durch das Fenstterviereck, von dem er den Vorhang weggezogen hatte, zu dem geheimsnisvollen Glitzern, ehrfürchtig vor dem Reichtum des Universums, und nahm diese ganze Fülle mit in ihren Schlaf.

Alle diese Wunder waren unzerstörbar und immer zur Verfügung. Ihr Vater hatte sie gelehrt, nicht blind daran vorbeizugehen. Voll Wärme dachte sie an ihn, und wie meist, musste sie dabei lächeln. Wenn sie ihn sich nicht in einer bestimmten Situation, sondern einfach als Person vorstellte, sah sie ihn - das Gesicht dem Himmel zugewendet - mit ausgestreckten Armen deklamieren:

„Trink, o Auge, was die Wimper hält, von dem goldnen Überfluss der Welt!"

Ja, vielleicht war er ein Schwärmer gewesen. Sie wusste, dass ihr Schwiegervater - allerdings immer wohlwollend - über ihn geschmunzelt hatte. Die Schwiegermutter hatte ihn ungeduldig als Spinner abgetan. Jedenfalls war er der seltsame und seltene Fall eines Menschen, der selbst nach seinem Tode Lebensfreude ausstrahlte. Das konnten andere oft nicht einmal bei Lebzeiten.

„Ach Daddy...!" - so hatte sie ihn immer genannt - , sagte sie laut in das leere Wohnzimmer hinein und setzte in Gedanken fort: 'Heute hab ich etwas Schönes erlebt. - Aber wahrscheinlich bin ich genau so ein Spinner wie du. Gottseidank. Oder: hoffentlich.'

Sie fühlte sich ihrem Vater in vieler Hinsicht ähnlich: alles beobachten, sehen, wahrnehmen... besonders das Schöne. Aber wieso hieß das eigentlich „wahr“nehmen? Es müsste eigentlich „war“ nehmen heißen, denn es war, und man sollte es annehmen.

Sie bemühte sich, von ihrer Wortklauberei wieder freizukommen und eilte zum Fenster für den vergeblichen Versuch, um die Hausecke herum zur U-Bahn zu sehen. Für abends hatte sie etwas gerichtet, das man auf dem Tischchen vor dem Fernseher essen konnte. Es wurde ein Fußballspiel übertragen, Felix hatte schon in der Früh und auch bei seinen Anrufen daran Interesse bekundet. Aber noch war er durch den Blättervorhang des Blumenfensters nicht auszumachen. Ein Bursch und ein Mädchen gingen unten vorbei, umschlungen, jeder die Hand in der Gesäßtasche des anderen. Sie kicherten und himmelten einander an. Es gab sie also noch, die Liebe, die Unzertrennlichkeit. Hoffentlich blieb sie den beiden recht lange erhalten. Margot lächelte, aber ihr Inneres wurde schwerer und schwerer. Tief einatmend versuchte sie, ihrer Schluckbeschwerden Herr zu werden. Es ging schon gegen halb acht, das Bier war gut gekühlt, und bald würde der Reporter mit dem Vorkommentar beginnen.

Margot liebte Fußballübertragungen. Nicht wegen des Sports, sondern wegen der gemütlichen und gleichzeitig spannenden Atmosphäre. Im Sommer, wenn die Fenster und Balkontüren offen standen, konnte man von überall her die aufgeregten Bemerkungen und das Schenkelklatschen der Männer hören. Gelegentlich war Felix in der Spielpause mit dem Wohnungsnachbarn auf den aneinandergrenzenden Balkonen zusammengetroffen, um Meinungen auszutauschen oder gemeinsam die Köpfe zu schütteln.

Angefangen hatte es durch die Buben, denn früher hatte Felix sich nicht für Fußball interessiert und Margot sogar darauf hinabgeblickt. Doch als Manfred und bald darauf Matti ins Kicker-

Alter kamen und vom Fußballfieber ihrer Freunde angesteckt wurden, kamen ihnen die Eltern wohlwollend entgegen. Felix ging mit ihnen und ihren Freunden auf den Fußballplatz, wo sie - Vereinsfähnchen schwenkend - in die Anfeuerungsrufe einstimmten. Oder man versammelte sich zu Match-Übertragungen im relativ geräumigen Eibespergerschen Wohnzimmer, die Kleinen in Vereinsdressen auf und neben dem Sofa, einen Fußball zwischen den Knien und das unvermeidliche Fähnchen in Händen.

Margot begann diese Abende zu lieben, wo alle versammelt waren, und versorgte die Zusehermannschaft großzügig mit dem, was - altersmäßig wechselnd - gern gegessen und getrunken wurde. Sie ging während der Übertragungen ihren verschiedenen Arbeiten nach, begleitet von den heimeligen Geräuschen der Zusammengehörigkeit, die ihr Geborgenheit vermittelten. Felix wieder, der sich anfangs aus väterlicher Gutmütigkeit geopfert hatte, bekam mit der Zeit mehr Einblick in diesen Sport, was sein eigenes Interesse weckte.

Mit dem Heranwachsen der Buben verdünnte sich die Zuseherrunde wieder. Die Freunde, auch Manfred und Matti selbst waren mit Mädchen unterwegs oder anderweitig beschäftigt. Schließlich saß Felix allein vor dem Fernseher. Die Couch kam ihm riesig vor, und die freie Sicht auf den Bildschirm - ohne die durchs Blickfeld geschwenkten Fähnchen - war befremdend. Felix fühlte sich allein gelassen und einsam.

Margot gewöhnte sich an, in seiner Nähe zu bleiben. Sie konnte bei ihm sitzen und irgendetwas handarbeiten oder bügeln, das Match erforderte ja nicht ihre volle Aufmerksamkeit.

Nach den Jahren intensiver Gemeinschaft empfand Felix diese Gesellschaftsversuche zwar als wenig zufriedenstellend, aber immerhin gut gemeint. Das Rad der Zeit ließ sich einfach nicht zurückdrehen, es blockierte. Im Grunde musste er froh sein, dass noch Margot mit ihm schaute. Sie bemühten sich, einander die Leere der Wohnung vergessen zu machen und ihre Stille, die sie ebenso wenig gewohnt waren. So war eben der Ablauf: Erst zu viel Trubel, zu viel Lärm, bis an die Grenzen der Belastbarkeit - - Und dann zu wenig. Ständiger Abbau, ständig ein Schritt näher zur völligen Einsamkeit.

Ein Glück, dass der Mensch sich an vieles gewöhnte, so auch hier. Im Laufe der Jahre bekamen ihre zweisamen Fußballabende eine eigene gemütliche Atmosphäre, weshalb sich Margot immer darauf freute. Schon wieder stand sie am Fenster, ihre Blicke vorn an der Straßenecke, wo sie sich sehnsüchtig festsaugten.

Nein, es ließ sich nicht erzwingen. Sicher hatte er eine Besprechung, die etwas länger dauerte. Ihr Kopf tischte sich selber geschmeidige Lügen auf über Felix´ Verbleib, samtene und eingängige Lügen, die ihr Bauch nicht glauben wollte. Er zwang sie mehrfach auf die Toilette, bis sie sich völlig leer fühlte, nur der Magen fühlte sich voll an, voll von Steinen, ohne dass sie etwas gegessen hatte.

Sie stellte das Bügelbrett auf, schaltete den Fernseher ein. Gerade wurden die Hymnen gespielt. Die Kamera fuhr die Spielerriege entlang. Da standen sie, die Arme an den Seiten angelegt, die Gesichter teils gläubig, teils sich aufopfernd gen Himmel gerichtet, den Kehlkopf leicht herausgedrückt. Manche stammelten einige Worte mit, die ihnen von ihrer Hymne in Erinnerung waren. Viele waren es nicht, aber zum Beweis ihrer Bildung waren sie ja nicht angetreten.

Der Anpfiff erfolgte, und das Spiel wogte hin und her, begleitet von den Chören des Publikums, die in Wellen dem Spielverlauf folgten, von rechts nach links und zurück schwappten, an den

Stadionwänden wie bei einer Wanne hochspritzten. Margot bügelte mit der Routine und dem Desinteresse eines Automaten und zog die Geräuschkulisse des Fernsehers wie einen Vorhang um sich zusammen. Ihre Gedanken waren anderswo, streunten, trieben sich unbeaufsichtigt herum in düsteren, zwielichtigen Sphären.

Schließlich straffte sie Haltung und Gedanken und hielt sich dazu an, nicht schon vorauseilend zu befürchten, sondern sich die zweifellos gute Gegenwart bewusst zu machen. Immerhin stand sie, angemessen ernährt und gekleidet, im schön eingerichteten Zimmer einer eigenen Wohnung, hatte Arbeit und eine liebe Familie und war gesund. So viel Gutes konnten sicher nicht viele ihr Eigen nennen. Dazu hatte sie noch das Leuchten des nachmittäglichen Lächelns in ihrem Herzen. Sie versuchte sich daran zu erwärmen, den kalten Griff der Furcht in ihrem Nacken loszuwerden. Ab und zu horchte sie auf und blickte auf den Bildschirm, um den Spielstand zu erhaschen. Sie hatte keine Ahnung, wie das Spiel lief, aber wenn Felix käme, würde er danach fragen.

Es läutete an der Tür. Margot stellte das Eisen ab und öffnete. Draußen stand Felix, den leichten Mantel flatternd und lose, den Blick geweitet. Er öffnete den Mund und schloss in wieder. Im zweiten Anlauf sagte er:

„Bitte hilf mir."

Margot zog ihn ins Vorzimmer. Er hatte sich bis nach Hause gebracht, aber nun ließ er sich los, klappte fast zusammen. Margot zog ihn aus und schaffte es, ihn bis ins Bett zu bringen. Sie richtete ihm den Polster und deckte ihn sorgfältig zu. Nun war er da, in Sicherheit. Sie brauchte für heute keine Sorge um ihn und keine Angst mehr für sich zu haben. Auch ihre Angespanntheit ließ nach, machte trauriger Erschöpfung Platz.

Sie hatte das Fernsehgerät abgestellt, und während sie im Nebenzimmer bügelte, sang sie leise Wiegenlieder. Besonders das eine nach dem Gedicht von Matthias Claudius wiederholte sie immer wieder wegen dieser Strophe:

„Wie ist die Welt so stille und in der Dämmrung Hülle so traulich und so hold. Wie eine stille Kammer, wo ihr des Tages Jammer verschlafen und vergessen sollt."

Diese letzte Zeile schien ihr für Felix so besonders bedeutsam. Sie war ganz sicher, dass die stille Kraft der Wiegenlieder durch alle Wände dringen und seine Seele sie hören würde. Tatsächlich schlief er bis zum Morgen tief und fest wie ein Kind, während ihr beim Singen die Tränen über die Wangen liefen.

13

Sommer in der Stadt - das waren nicht nur Wärme und Licht, sodern auch spezielle Laut- oder Leisesituationen.

Der Lärm in einem Freibad zum Beispiel, diese Mischung aus Lachen, Planschen, Quietschen, vermischter Radiomusik und dem Schrillen der Schwalben im Blau des Himmels. Eine Mischung, die ihre Färbung auch aus der Weite der Anlage und dem Widerhall der Wasserfläche bezog.

Oder die Stille der durch die Ferien entleerten Straßen, bereits aufgeheizt, wenn Felix morgens aus der Kühle der Garage herauf kam. Der kleine Park vor der Karlskirche mit Rosen bekränzt, die Bänke leer, nur im Staub ein paar gurrende Tauben. Auf den geflochtenen Sohlen der Espadrilles konnte man sich lautlos fortbewegen, als wäre man auch selber gar nicht vorhanden. Eine gewisse Feierlichkeit lag in dieser Stille, brütete über allem.

Auch die Agentur war ruhiger als sonst. Offiziell klagte die Branche über das so genannte Sommerloch. Erst Ende August würde man sich wieder überschlagen müssen.

Der Kalbsäugige war auf Urlaub gefahren, was die Situation für Felix merklich entspannte. Seltsam, welch atmosphärische Störungen dieser Mensch auslöste, obwohl sie kaum miteinander verkehrten. Nur einmal hatte Felix Verständnis gefühlt, das war kurz nachdem das gesamte Ton- und Video-Equipment neu verkabelt worden war. Unflätig schimpfend war Thomas damals aus der Technik zurückgekommen, hatte eine Cassette auf den Tisch geknallt, dass man an ihrer Wiederspielbarkeit zweifeln konnte. Seine Stimme - er war sonst eher der tuschelnde Typ - überschlug sich fast, und Felix meinte einen Anflug von Verzweiflung herauszuhören.

„Scheiß-Technik! - - Scheiß-Kommunikation in dieser Agentur! Wie soll man da jetzt was abspielen?"

Etwas nicht können, etwas nicht wissen war ein Makel, nervend besonders in hektischen, überdrehten Zeiten. Nur: was Felix in sich hineinfraß, weil man es altersbedingte Unfähigkeit nennen würde, konnte der Jüngere lauthals hinaus schimpfen. Bei ihm galt das als dynamisch. Heute wussten beide, dass es einen Generalschalter gab, der sein Dasein als blind zu ertastende Fehlkonstruktion hinter dem Farbdrucker fristete. Es war eben manches schief gelaufen, doch inzwischen hatten sich die Wellen gelegt.

Markus brachte Felix´ Urlaubsgenehmigung von der Geschäftsleitung herauf, verbunden mit einem herzlichen „Na dann genieß es recht!“, was Susanne Redlich zu einer scharfzüngigen Bemerkung samt triumphierenden Rundblick veranlasste. Doch es waren so wenige Mitarbeiter da, dass der Rundblick ins Leere ging. Felix sagte:

„Du wirst dich noch an deiner eigenen Zunge schneiden.“

Susanne lachte.

„Sei doch nicht so angerührt! Für Spaß sollte man nie zu alt sein...“ Sie konnte das Ätzen nicht lassen.

Felix atmete tief ein. Ab Montag würde er auf Urlaub sein, und da würde er sie für einige Zeit zu vergessen suchen, bis - im Laufe der letzten Urlaubswoche sich steigernd - flattrige Magenbeschwerden und zunehmende Gereiztheit das Nahen der Arbeit wieder ankündigten.

Er trat aus dem gekühlten Bürohaus auf die Straße, wo eine herrische Sonne alles durchglühte. Im aufgeweichten Asphalt lag eine tote Amsel. Von den vielen Autoreifen war sie völlig flach in ihn eingewalzt, kein totes Tier mehr, sondern ein Bild davon, das nichts Fleischliches mehr an sich hatte. Ein Amselsymbol - mit geöffnetem Schnabel und gespreizten Schwungfedern.

Felix´ Blick blieb an ihr hängen, während sein Gedächtnis das Bild aufnahm und mitführte auf seinem lautlosen Weg zur U-Bahn. Da waren Parallelen, Ähnlichkeiten. Er sah sich eingewalzt in sein

Leben durch Ereignisse von großer Schwere, die über ihn hinweg gerollt waren. Sein Mund geöffnet wie zu einem Hilfeschrei, seine Flügel verklebt mit Verbänden, mit Erinnerungen wie Teer.

Sein linkes Bein war eine einzige Wunde. Die Verbände klebten. Es wurde ihm schlecht vor Angst, wenn er die Mutter mit neuem Verbandsmaterial nur ins Zimmer treten sah.

Das Bein, von den Trümmern des Hauses zerfleischt, war so gut wie möglich operiert worden, seine übrigen Wunden versorgt. Da jetzt auch diese Stadt zum Kriegsschauplatz geworden war und viele Verwundete zu versorgen waren, wurde er, sobald sein Zustand es erlaubte, in häusliche Pflege entlassen.

Die Mutter war überglücklich. Tat auch alles, womit sie zu seiner Genesung beitragen konnte. Es war eine Zeit, von der er nur Schrecken in Erinnerung hatte. Er fürchtete sich und sie. Er hasste sie für das, was sie ihm antat. Er rang mit ihr - so weit es seine kleinen Kräfte erlaubten - und klammerte sich gleichzeitig verzweifelt in ihre Arme. Verzweifelt, weil genau dieser sein einzig denkbarer Fluchtpunkt ihm diese unsäglichen Schmerzen bereitete.

Nach einer ihm endlos scheinenden Zeit klebten die Verbände weniger und weniger. Schließlich konnte man versuchen, sie wegzulassen.

„Weil ich für dich gebetet habe!“ sagte der kleine Elmar fest. „Ich habe ganz stark gebetet, dass der liebe Gott dich wieder gesund macht.“

Margot hatte oft Felix zu erklären versucht, dass die schrecklichen Verbandwechsel seiner Mutter sicher genauso weh getan hatten wie ihm. Dafür hatte er wenig Verständnis.

Er stieg hinunter in den Dunst der U-Bahn, wo die Hitze als Sturm durch die Röhren fauchte. Der Abendverkehr hatte eingesetzt. Die Bahnsteige wimmelten von abgemüdeten, schwitzenden

Menschen, die den verschwindenden Rest des Tages nicht für ihr Menschsein, sondern nur zur Regeneration für ihren morgendlichen Wiedereinsatz als Arbeitsvieh brauchen würden. Schwindel erregend kreisten Felix´ Gedanken.

Man konnte so leicht von sich selbst vor die U-Bahn gestoßen werden bei diesem Gedränge. Dann wurde man als Betriebsstörung mittels Lautsprecher bekanntgegeben. Längst hatten die U-Bahn-Betriebe es aufgegeben, die Selbstmorde oder auch Morde auf ihren Gleisen offiziell werden zu lassen - wegen der möglichen Nachahmungstäter. Ein Toter war nur eine Betriebsstörung, wie ein Stromausfall auch.

Das scharfe Zischen der Druckluftbremsen riss ihn aus seinem Brüten. Ein Zug hatte angehalten. Die Leute schoben sich hinein. Es roch nach Schweiß und nach Leberkäse, den jemand in sich hineinschlang. Ein Mädchen trug einen schmalen Metallreifen im Haar. Mit seinen bohnenförmigen Enden die Ohren gegen die Außenwelt zustoppelnd, schickte sie Lärmwellen in ihr Gehirn. Außerhalb ihres Kopfes, der vom Schall zu vibrieren schien, dadurch beinahe unscharf wurde in der Kontur, nahm man nur das Schlagzeug wahr in einer Lautstärke, die Felix zwei Bankreihen weiter noch irritierte. Was tat dieses Kind sich an?

Und warum lag all das so schwer auf ihm? Andere Leute sahen doch auch das ganze Elend dieser Welt und lebten fröhlich darüber hinweg. Vielleicht war er einfach müde. Er hatte einmal gelesen, dass Müdigkeit auch depressiv machte.

Aber müde wurde man doch gerade durch diese nicht zu bewältigende Last. Es war ein Teufelskreis.

Ein zierliches Lachen holte ihn aus dem dunklen Gestrüpp seiner Gedanken, wirkte aufhellend auf sein Gemüt. Japanerinnen, die kreisrunden Porzellangesichter sanftfarbig bemalt, strahlten Fröhlichkeit aus. Ihr helles Geplauder klang, als würde ein Löffelchen gegen Porzellan klingeln.

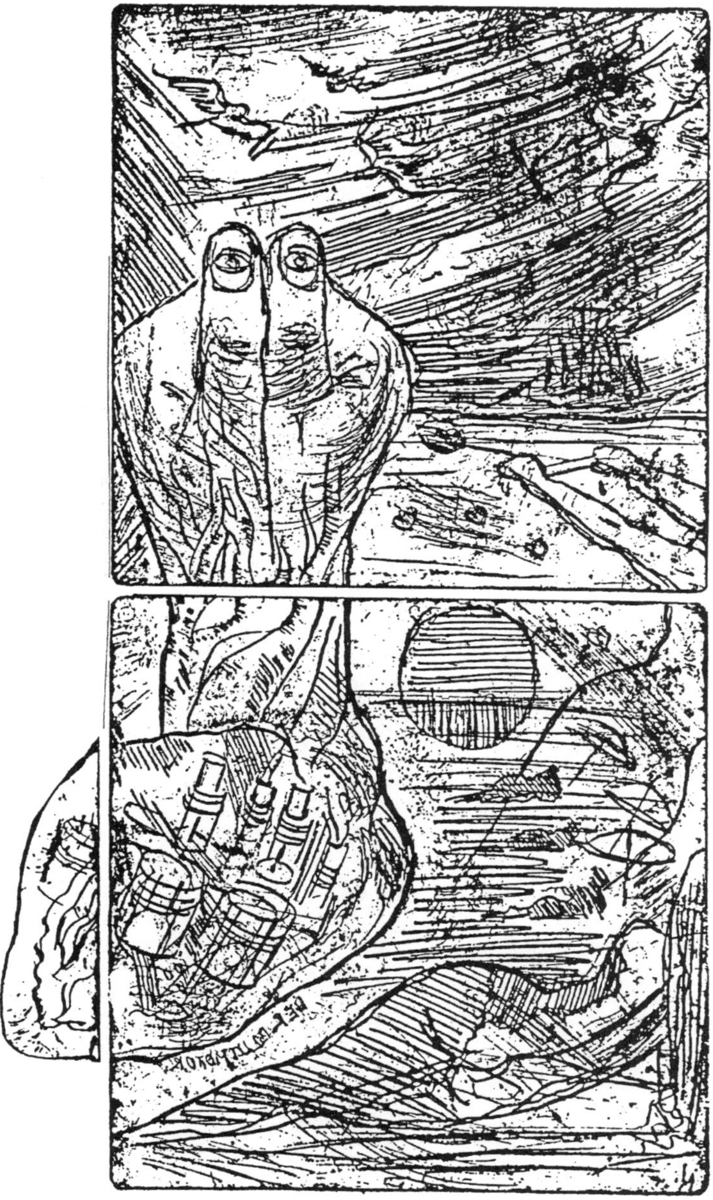

14

Schwalben, die dickbäuchigen Jäger, die wegen ihrer spitz auslaufenden Flügel und Schwanzgabel einen zierlich-schlanken Eindruck erweckten. Mit einer Geschwindigkeit, der Margots Auge kaum folgen konnte, jagten sie ihrer Beute nach. Im Zickzackkurs oder pfeilgerade. Gleich wendig, ob mit dem Rücken nach oben oder nach unten.

Margot und Felix saßen im flirrenden Schatten eines Mostbirnbaumes. Sie hielt seine Hand. Er hatte schöne Hände, passend in der Größe, schlank, doch kräftig. Nun hatten braune Flecken begonnen, sich darauf zu entwickeln - wie auch bei ihr. Es waren eben keine jungen Hände mehr. Wenn man darüber strich, konnte man fühlen, zu welcher Zartheit sie fähig waren.

Nachts, wenn er seine Hände vorausschickte - schmetterlingsgleich - um ihren Körper zu liebkosen, wenn dann Haut auf Haut lag und diese Hände sie hielten, waren das Momente wortlosen ineinander Aufgehens. Und wieder waren es die Hände, die als letztes, sanft, von ihrer Haut Abschied nahmen.

Inzwischen hatten diese Hände auch ihre brutale Seite gezeigt, und das war eine völlig neue Erfahrung gewesen.

Die Bank war warm von der Sonne, aber im Südwesten begannen Haufenwolken eine Wand aufzutürmen, sonnenseitig mit einer gleißenden Randzeichnung versehen.

„Weißt du noch, wie wir damals so nass geworden sind auf der Bodenseerundfahrt?“ fiel Felix bei Betrachtung des Wolkenschauspiels ein. Er lachte bei dem Gedanken, wie sie sich nachher in ihrem Quartier ausgezogen hatten, durchweicht bis auf die Unterhose. Und der kleine Matti, gerade stolz, keine Windeln mehr zu brauchen, betonte immer wieder:

„Ich hab die Hose nicht nass gemacht! Ich hab die Hose nicht nass gemacht!“

Felix lachte so herzlich, dass Margot mitlachen musste. Er war überhaupt bester Laune.

„Wer weiß, ob es überhaupt etwas wird mit dem Gewitter“, sagte Margot. „Inzwischen genieße ich noch die Sonne.“

„Ach - man müsste sie festhalten können! Die Schwalben fliegen jedenfalls schon tief. Unermüdlich sind die bei ihrer Mückenverfolgung!“

„Richtige Raub-Vögel, die lieben Schwälbchen“, stimmte Margot zu. „Nicht nur unermüdlich, sondern auch unerbittlich.“ Sie erzählte ihr Kindheitserlebnis von dem Schwalbenpaar, das bei seiner Rückkehr das Nest von Spatzen belegt vorfand und diese lebendig einmauerte.

Sie trug es den Tieren nicht nach. So war eben ihre Art. Nur das Klischee sogenannter 'Lieber Tierchen' war ihr verdächtig geworden, man denke nur an die Täubchen, die einander blutig hackten, oder die Rehlein, die sich gegenseitig zu Tode forkelten.

„Die Tiere werden nur bösartig, wenn sie nicht artgerecht gehalten werden, also nicht genügend Lebensraum haben und so weiter...“ schwächte Felix ab.

„Die Menschen doch auch! Aber wer schaut schon auf die artgerechte Haltung des Menschen?“ Margot steigerte sich in die Weiterführung dieses Gedankens hinein. „Wieviele Verbrecher, wieviele seelische Krüppel hätten wir weniger, wenn jeder Mensch artgerecht leben und arbeiten könnte!“

„Jaja, Engelchen, du hast ja recht. Aber damit wird´s wohl nichts werden, wenn die Menschheit sich immer weiter vermehrt.

Und jetzt tragen die Eibespergers auch noch dazu bei!" Felix lachte versöhnlich.

Er war zweifellos durch den Urlaub nervlich besser beisammen als vorher. Es hatte auch nur einen unangenehmen Vorfall gegeben.

Sie waren über den Berg gewandert, unter ihnen döste das Tal mit seinem Sägewerk. Die Stille der Mittagsstunde wurde durch das Summen der Insekten noch erhöht. Plötzlich brach im Sägewerk die Zwölf-Uhr-Sirene los. Felix erbleichte, zur Flucht bereit, bis er sich wieder erfing. Sie sah ihn hinunterschlucken und durchatmen, doch er sagte nichts und ging weiter.

„Eine brutale Art, Mahlzeit zu sagen! Noch dazu hier in der Stille...!" Margot fand, das durfte nicht unkommentiert vorübergehen, durfte nicht Echo vergangener Zeiten bleiben. Musste aus dem alten Zusammenhang gelöst werden.

„Vielleicht ist es so laut, damit es auch die Holzarbeiter in den Bergen rundherum hören..." nahm Felix an.

„Sehr nett von dir, dass du denen eine Entschuldigung liefern willst, aber die Holzfäller machen ihre Mittagspause sowieso nicht nach Uhr, sondern nach Hunger. Zumindest will ich das hoffen." knurrte sie unversöhnlich. „Lärm ist für mich Umweltverschmutzung, vor allem unnötiger! - - - Lärm, meine ich", setzte sie nach einer Pause ruhiger hinzu. Und dann mussten sie beide lachen.

Im Südwesten wurde es nun immer düsterer. Es würde doch ein Gewitter geben. Sie machten sich auf den Weg in ihr Urlaubsquartier. Margot war vorsichtig, weil sie um die Unberechenbarkeit der Natur und um ihre Gewalttätigkeit wusste.

Auch Felix war vorsichtig bei Gewittern, konnte die vorsätzlich eingebläute Angst noch immer nicht los werden. Zu lange war er damit unter Druck gesetzt worden.

Seine Mutter kannte nur einen strafenden Gott.

„Der Himmelvater schimpft!" sagte sie, wenn es donnerte.

Der kleine Felix blickte zu ihr hinauf, die turmhoch über ihn gebeugt war, und schickte den Blick gleich weiter, wohin ihr Finger drohend deutete: auf den düsteren Himmel, der schon ohne ihren Hinweis beängstigend wirkte.

Irgendetwas gab es ja immer, dessentwegen man ein schlechtes Gewissen haben konnte: Man hatte vielleicht Marmelade genascht, an der Uhr herumhantiert, ein Zweiglein von Nachbars Baum gebrochen, die schmutzigen Hände in die Hose gewischt - es wurde aufgegriffen. Man wurde mit der Schuld beladen, so winzig man auch war, hatte die Last praktisch ständig mit sich herumzuschleppen, ohne dass man je wieder entlastet wurde. Es kam nur immer etwas dazu auf dieses Schuldenkonto, nie etwas weg. Von Vergebung war nie die Rede, bestenfalls wurden alte Schulden von neuen verdrängt und daher kurzfristig vergessen. Bis man wieder auf sie stieß - jederzeit beliebig hervorzukramen.

Felix verstand das alles nicht, hatte nur das Schwindel erregende Gefühl, in größere und immer größere Verstrickung zu geraten. Angst haben zu müssen, und zwar mehr und mehr, je mehr sich seine kindlichen Vergehen unweigerlich summierten. Angst vor der Strafe der Mutter und vor der Rache eines unerbittlichen Gottes. Er fühlte sich klein und ausgeliefert, wenn er daran dachte oder mahnend daran erinnert wurde.

Freilich versuchte er die Schuldgefühle zu verdrängen, und im Spiel gelang ihm das auch. Als Elmar geboren wurde, war Felix zwar eifersüchtig, doch schmeichelte ihm die Tatsache, nun nicht mehr der Kleine zu sein. Er war nun groß, zumindest der Größere - und auch stark. Den Höhepunkt erreichte sein

Selbstbewusstsein, als ihm sein Vater irgendwann nach seinem vierten Geburtstag eine ausgediente Pfeife überließ.

Mit diesem Tschibuk im Mund stolzierte Felix auf dem Gehsteig vor dem Haus auf und ab. Er sog daran. Die alte Pfeife schmeckte und roch deutlich nach Tabak, nicht nur für ihn, sondern merkbar auch für die anderen Kinder. Dieses Attribut der Männlichkeit erregte die Bewunderung der Kleineren und den Neid selbst Fünfjähriger. Felix fühlte sich hervorragend. In seinem Hochgefühl hatte er ganz übersehen, dass sich der Himmel mit Gewitterwolken überzog. Es donnerte.

„Komm herein, Felix!“, rief die Mutter. „Hörst du nicht? Der Himmelvater schimpft schon ganz ordentlich!“

Felix hörte die Mutter und er hörte nun auch das Grollen. Der Himmelvater... vage stellte er sich bei diesem Ausdruck jemanden im Alter seines Vaters vor - also uralt, aber nicht so gutmütig. Heute jedoch, heute wollte er sich nicht einschüchtern lassen von dem unbekannten, ungehaltenen alten Mann, der immer nur Unterwerfung verlangte, schimpfte und strafte. Hart strafte, offenbar hatte er die Macht dazu. Dieses eine Mal wollte Felix die Macht austesten. Wollte sehen, ob wirklich etwas dran war an den ewigen mütterlichen Warnungen. Die schmächtige Gestalt hoch aufgerichtet schritt er auf dem Gehsteig auf und ab, im Mund die Pfeife, an der er immer wieder sog, das Kinn herausfordernd gereckt.

„Trau dich nur, du Himmelvater du! Wenn du wirklich so stark bist, dann erschlag mich mit deinem Blitz. Zeig, ob du das kannst. Zeig´s mir!“ So forderte er ihn in Gedanken heraus.

Doch nichts ereignete sich unmittelbar, und da die ersten Tropfen fielen und Felix´ größere und kleinere Bewunderer verschwanden, bot der Regen eine gute Gelegenheit, sich zurückzuziehen.

Seiner Mutter vertraute er die aufrührerischen Gedanken nicht an. Er fühlte, sie würde sie sehr missbilligen, würde ihm Vorhaltungen machen und irgendwelche Bußhandlungen erzwingen. Außerdem - wer weiß - vielleicht war sein Triumph verfrüht. Er war doch besser vorsichtig.

Ja, Gott hatte Zeit.

Aber er vergaß nie.

Gott war nachtragend wie die Mutter, forderte Vergeltung für jede Schmähung, jedes Vergehen. Diese Bitterkeiten geisterten Felix nach dem Bombenangriff durch den Sinn, betäubt und fiebrig wie er war, als sein kleiner Körper ums Überleben kämpfte.

„Ach das arme unschuldige Kind!“, hörte er eine Nachbarin sagen, „Das kann doch gar nichts dafür...“ Und seine Mutter weinte vor Verzweiflung und Erschöpfung.

Felix sah die Nachbarin an, die großen Kinderaugen dunkel vor Wissen, und ließ sie in ihrem Glauben.

Die Mutter wollte ihn nicht bedrohen oder einschüchtern. Nur gefügig machen, leichter lenkbar für ihre eigene Unsicherheit. Gefügig. Was für ein Wort. Er versuchte sich vorzustellen, wie Margot den Begriff auslegen würde. Für eine Fuge oder Ritze passend machen - einen sich entwickelnden Menschen. In seiner bildhaften Vorstellung sah er die Fuge, Ritze, unmittelbar vor sich klaffen mit zackigscharfem Rand. Das blanke Entsetzen krallte sich ins Herz. Einen Menschen passend machen, damit er da hinein gehe, klein machen, zurichten, zusammenschneiden, zerkleinern, erniedrigen, niedermetzeln - auf immerdar, Amen.

Felix atmete tief durch und schüttelte sich, um das alles abzubeuteln. Nun, als Erwachsener, sollte er den Himmelvater-Schmäh nüchtern missbilligen und sich sagen, dass Gott die kindlichen Sünden doch richtig einschätzen würde.

Würde er?

Oder nahm Gott ein Kind vollkommen ernst, ernster, als es die Erwachsenen taten? Machte er es voll verantwortlich für alles, selbst das, was ihm gar nicht bewusst war? Wenn Felix an sein Leben dachte, an die vielen seelischen und körperlichen Schmerzen, dann konnte das nur eine Strafe sein. Aber wo war die gleichgewichtete Schuld? Natürlich war er sündig, verschwieg etwas, trank manchmal zuviel, hatte gelogen und auch schon Geld verspielt, aber wenn er eines gegen das andere aufrechnete - Schuld gegen Strafe - , kam er zu keiner Lösung.

In seiner Rechnung. Das Schicksal rechnete offenbar anders. Manchmal betete er, bat um Erhörung, um Verzeihung, doch ohne Antwort. Dann sagte er zu Margot:

„Bete du, auf mich hört er nicht.“

Draußen entfernte sich das Gewitter nachträgerisch grollend und gegen das Haus zurückdrohend, während die Wand eines Wolkenbruchs sich dämpfend dazwischenschob. Breite Wasserflächen rannen über die Dächer hinunter, sammelten sich in den Dachrinnen und suchten sich in oder neben diesen ihren Weg in den ewig wiedergebenden Schoß der Erde. Felix hatte sich auf das Bett gelegt, die Arme unter dem Kopf verschränkt, und horchte hinaus auf die vor sich hin plaudernden Wasser, bis sie ihn in den Schlaf spülten.

15

„Was spielt es denn im Fernsehen?“, fragte Margot.

„Einen höchst wahrscheinlich saudummen Film mit dem Titel >Die Ideen-Kanone<“.

„Warum muss er dumm sein? Vielleicht ist er einfach nur lustig.“

„Der ist garantiert dumm, denn er spielt in einer Werbeagentur. Es ist mir schon richtig peinlich, meinen Beruf anzugeben. Weder tanzen da nackte Mädchen auf den Zeichentischen, noch hat irgendein Ungelernter bei der ersten Besprechung die Idee seines Lebens - wie das oft geschildert wird. Sogar in Amerika ist die Zeit der großen Chefs vorbei, die zu irgendeiner Geistesblähung sagen konnten: ´Das gefällt mir! So wird´s gemacht!´ Und hier schon gar! Die internationalen Kunden geben alle ihre internationalen Werbelinien vor, wir dürfen sie kaum mehr anpassen. Na und die Manager - die sind eben keine Eigentümer, sondern immer irgendwem verantwortlich. Die treffen aus Vorsicht keine Entscheidungen, sondern legen lieber Testdaten vor. Und zu Tode testen kann man bekanntlich alles.“

Felix brach abrupt ab und sah Margot an, die in ihrer Arbeit innegehalten hatte. Er lachte.

„Entschuldige, Engelchen - ich wollte dir keinen Vortrag halten. Aber ehrlich gesagt, ich krieg eine Wut, wenn ich so Filme über Werbeagenturen sehe, wo das so Schickimicki hingestellt wird. Es ist einfach ein beinhartes Geschäft, und laufend wird einem mehr vorgeschrieben. Der Spielraum für eigene Einfälle wird mehr und mehr beschnitten.“

„Naja“, sagte sie und gab ihm einen Klaps, „inzwischen gefällt er dir ja immer noch, und hoffentlich bleibt das auch so, bis du zu Hause bleibst.“

Er brummte herum wie ein Bär, unterbrochen vom Läuten des Telefons.

„Geh du!“ Er drückte sich immer. Jemand könnte etwas wollen, und er wollte sich nicht noch mit anderen auseinandersetzen.

„Servus!“ sagte Margot in den Hörer und nach einer Pause: „Meingott Manfred!“

Der Sohn rief aus dem Spital an, Monika hatte eine Fehlgeburt gehabt. Das sehnlich erwartete Kind war abgegangen.

Dämpfung breitete sich aus, schien alles zu ersticken. Nach den unbeholfenen Bemühungen, dem Unglücklichen am Telefon Trost zuzusprechen, schwiegen Margot und Felix bedrückt nebeneinander her.

„Wieder nichts...“ resignierte Felix nach einiger Zeit kaum hörbar. „Warum sollte auch bei mir etwas gut gehen...“

„Was hat denn das mit dir zu tun?“ brauste Margot auf. Der Schock machte sich bei ihr auf diese Weise Luft. „Bezieh doch nicht alles auf dich! In erster Linie betrifft es die Kinder.“

Dann setzte sie sich zu ihm, nahm seine Hände.

„Ich weiß, du hast dich so darauf gefreut.“

Bei aller eigenen Betroffenheit wollte sie vor allem ihm beistehen. So etwas käme immer wieder vor, sei nichts Ungewöhnliches. Es sei eben nicht jeder Fötus lebensfähig. Die Natur wisse, wenn nicht. Dann sei es besser, wenn er rechtzeitig abginge. So traurig das im Moment stimmte: Manfred und Monika waren ja noch jung und würden, wenn alles passte, bald ein gesundes Baby bekommen.

Felix nickte bedrückt. Verstehen war eine Sache, verstehen Wollen eine andere. Er stand auf.

„Ich muss noch ein bisschen raus. Ich drehe eine Runde ums Haus.“ sagte er.

Margot, die Finger am Telefon, blickte alarmiert auf.

„Ja? - Wart, ich komme mit. Ich kann meine Mutter auch morgen anrufen. Ein bisschen Luft wird auch mir gut tun.“

Unwillig ließ Felix diese Begleitung über sich ergehen. Er hätte es vorgezogen, alleine zu sein. So konnte er nicht fliehen, nicht vor Margot und vor allem nicht vor sich selbst.

Sie stapften nebeneinander her, während Felix - da Margot nun eben dabei war - wie immer laut dachte, seinen Gedankenbrei kritiklos über sie ausgießend, die für ihn ein Teil seiner selbst war, die sich rechtzeitig abzugrenzen von ihm nicht verstanden hatte. Aber irgendwo musste man ja „sein Herz ausschütten", wie ihr dabei so vielsagend einfiel. Bei irgend jemandem musste man selbst die intimsten Ängste und Hoffnungen ausbreiten dürfen, die Brust aufreißen und sich bloßlegen, ausliefern, verwundet, verwundbar. Es war nicht nur Belastung oder Belästigung. Es war vor allem Vertrauen, und wem sollte man das mehr entgegenbringen als dem Menschen, mit dem man das Leben teilte?

Sie waren bis fast in die Felder hinausgekommen. Vor dem letzten Vorstadtwirtshaus, dessen kleine Fenster in die kühl gewordene Nacht hineinleuchteten, breitete sich flache Dunkelheit aus.

„Hast Du Geld mit?" fragte Felix. „Gehn wir hinein und trinken wir was."

„Ich hab nichts mit, gerade nur den Schlüssel."

Auch Felix hatte in der Plötzlichkeit des Aufbruchs, des versuchten Ausbruchs, nichts eingesteckt. Er war ungehalten, dass Margot keine Geldbörse bei sich hatte, fragte mehrmals gereizt nach. Sie musste sich rechtfertigen. Doch es half nichts, das Vorstadtwirtshaus blieb am dunklen Feldrain liegen, unbesucht trotz seiner einladenden Fenster. Sie wandten sich dem Heimweg zu, ein wenig fröstelnd.

„Du bist schuld, wenn ich mich jetzt verkühle." murrte Felix, der aber inzwischen resigniert hatte und ihr - plötzlich ermüdet - willig nach Hause folgte. Margot seufzte innerlich. Diesmal war es ihr gelungen, das Unheil abzuwenden, ihn nicht allein zu lassen in den Katakomben seiner Seele, in deren Dunkelheit er sich so leicht verlief. Aber wenn er sie auch Engelchen nannte, so schützen konnte sie ihn selten.

In der Nacht warf er sich hin und her, gemartert von seinen Träumen, in denen verfolgt und gemordet wurde - andere, er selbst, ja sogar Ungeborene. In denen auch er verfolgte und mordete bis er erwachte, schweißgebadet ob der Inhalte und fiebernd vor Schuldgefühl.

Er brauchte einige Zeit, bis er sich zurechtfand.

Am offenen Spalt des Fensters blähte sich der Vorhang wie in Zeitlupe, und der seltene Ostwind trug beruhigend die Geräusche der Ostbahn ins Zimmer, dieses eintönige und doch feingegliederte Mahlen eiserner Räder auf eisener Spur.

16

„Ja - du. - Engelchen, du wirst lachen, - weißt du, von wo ich anrufe?“

Lähmende Übelkeit stieg in Margot hoch. Seine Stimme klang so, wie sie es immer fürchtete. Lange bevor sich Alkohol in seiner Haltung oder Bewegung ausdrückte, machte er sich bereits in der Sprache bemerkbar. Feinste Nuancen waren hier für Margot unterscheidbar. Sie merkte jedes Glas, das oft wirklich noch nicht gefährlich war, aber eben den Anfang machte, und Felix wollte das nie glauben, hielt es für ihre übersteigerte Einbildung. Ihre Wahrnehmung war zweifellos geschärft, wohl durch ihre seelische Verbindung mit ihm. Und ihre Angst. Und die war heute fühlbar berechtigt. Dazu kam seine sich überschlagende Fröhlichkeit, aufgekratzt bis zum Wund-Sein. Sie bemühte sich um Ruhe:

„Wo bist du denn?“

„Im Kino. Im Taborkino. Da spielt es einen Film mit dem Steve McQueen...“

In ausufernder Weise pries er das Entgegenkommen der Buffetdame, die ihn da anrufen ließ, damit er ihr, Margot, das mitteilen konnte. Die nächste Vorstellung begänne zwar erst um halb neun Uhr, aber hier gäbe es - wie gesagt - ein Buffet, sie solle sich also keine Sorgen machen - ja?

Immer, wenn er ihr das auftrug, waren genau diese angesagt.

Es war erst sieben Uhr vorbei, und wenn sie alles liegen und stehen ließ, konnte auch sie zu der Vorstellung noch zurecht kommen. Vielleicht war durch ihre Anwesenheit das Schlimmste zu verhindern.

„Weißt du was, Felix? Ich komme auch! Wir waren doch schon so lang nicht im Kino, zumindest ich, bitte nimm noch eine zweite Karte, ja?“

Im Kinofoyer saßen Wartende auf Bänken verstreut. Aus dem Saal drangen die gedämpften Geräusche des Films. Das Buffet lag in der Mitte des Raumes, eine Insel, an die sich Felix klammerte wie um nicht unterzugehen. Ungerührt von seiner aufgekratzten Mitteilsamkeit ging die Buffetdame ihrer Tätigkeit nach. Offensichtlich hätte sie lieber Ruhe gehabt. Aber sie hatte auch schon Schlimmeres erlebt.

Freudestrahlend und für alle hörbar teilte Felix ihr mit, hier käme endlich seine Frau. Früher wäre Margot bei einer solchen Gelegenheit in den Boden versunken, als müsse sie sich für den Zustand ihres Mannes schämen. Doch würde sie ihn auch holen und sich nicht schämen, wenn er sich ein Bein gebrochen hätte. Diese Erkenntnis half ihr.

Die Angelegenheit blieb jedoch zwiespältig. Ging es um Alkohol, dann machte man doch immer auch das Umfeld mit verantwortlich. Die Anwesenden, deren Blicke sich mangels anderer Unterhaltung nun völlig an ihr, der Eintretenden, festsaugten, versuchten herauszufinden, in welcher Form sie sich hier mitschuldig gemacht hatte - diese gut gekleidete, immer noch passabel aussehende Frau in mittleren Jahren.

Und der Mann - ebenfalls trotz seiner Jahre gut und eher modern angezogen, sicher nicht aus den ärmsten Schichten. Der musste einmal sehr gut ausgesehen haben. Tat es eigentlich immer noch, wenngleich das Gesicht schon ein wenig schwammig wurde, die Andeutung von Tränensäcken unter den feucht glänzenden Augen ihm einen traurigen Anstrich gab. Warum sich so einer selber zum Narren machte, sich - in der Behaglichkeit seiner offenbar guten Verhältnisse - selbst der Lächerlichkeit preisgab?

Aber alle, ausnahmslos alle, die sich im Alkohol ertränkten, waren der Überzeugung, dass niemand ihnen eine Veränderung anmerkte. Dass sie sich und ihre Promille in der Hand hätten, während sie schon wie Marionetten an unsichtbaren Fäden schaukelten, ohne Kontrolle über Kopf und Glieder.

Da die dazu gekommene Frau keinen Skandal machte, wandte sich das Interesse der Wartenden wieder anderem zu. Die Buffetdame sah Margot an, und Margot sah sie an. Margot fragte, ob noch etwas zu bezahlen sei. Die Buffetdame verneinte. Währenddessen öffneten sich die Saaltüren. Die Zuschauer strömten heraus, begleitet von den letzten Musikfetzen des Filmnachspanns und Wogen aufgewärmter Luft. Felix versorgte sich noch mit einer Flasche Bier, die er ins Kino hineinnahm. Hier konnte man das tun. Die Sitze waren durch kleine Tischchen verbunden. Darin gab es passende Vertiefungen, damit man in der Dunkelheit nicht versehentlich ein Glas umstieß.

Felix war aufdringlich guter Laune, freute sich, dass Margot gekommen war, redete und redete. Die Bierflasche hatte er zwischen seine Füße auf den Boden gestellt, Margot fürchtete für sie bei jeder seiner fahrigen Bewegungen. Mehrere hinter ihm Sitzende zischten schließlich, dass er Ruhe geben solle, worauf er gerne aufgebraust wäre. Margot konnte ihn besänftigen. Sie hielt seine Hand. Inzwischen hatte er die Bierflasche tatsächlich umgestoßen, doch würde man das erst bemerken, wenn sie längst gegangen waren. Insgeheim war Margot froh, weil er nun nicht weitertrinken konnte. Der Film - von dem sie bisher nichts mitbekommen hatte - würde ihn vielleicht so in seinen Bann ziehen, dass er darauf vergaß.

Felix war unruhig. Er starrte auf die Leinwand, blicklos und ohne Interesse, wie ihr schien, die heimlich in seinem vom rückstrahlenden Licht wechselnd beleuchteten Gesicht zu lesen versuchte. Plötzlich stand er auf und verschwand. Margot seufzte. Nun holte er sich doch draußen ein neues Bier. Nachdem er nicht zurückkam - der Film ging dem Ende zu - , nahm sie an, er würde es gleich am Buffet trinken. Sie ließ sich von den aufbrechenden Zuschauern mit hinaustreiben.

Felix war nicht im Foyer.

Er war auch nicht auf der Straße vor dem Kino, wo sich die Besucher, die Mäntel zurecht rückend, nach und nach verliefen. Leere machte sich auf dem Gehsteig breit, der erdunkelte, als die „Lichtspiele" abgeschaltet wurden. Der Kassier sperrte die Türen zu. Ein Glück, dass die Buffetdame mit der Menge der Zuschauer hinausgespült worden war. So musste sich Margot nicht nochmals ihrem Blick stellen. Das Schlucken machte ihr Mühe. Mit trockener Kehle versuchte sie es wieder und wieder. Sie kramte nach der Brille, um in der Dunkelheit besser sehen zu können. Natürlich war es nicht völlig finster, es gab ja die Straßenbeleuchtung. Doch war sie für Margots schwächer gewordene Augen zu wenig.

Soweit sie nun die Straße überblicken konnte, gab es keinen Felix. Das Würgen im Hals machte müder Verzweiflung Platz. Was immer sie jetzt unternehmen würde, war falsch. Was wäre denn schon dabei, wenn sie in aller Ruhe nach Hause führe und sich den nötigen Schlaf gönnte? Felix war weiß Gott alt genug zu wissen, ob er sich die Nacht um die Ohren schlagen konnte oder nicht. Und wenn er grußlos verschwunden war, so war das eine grobe Unhöflichkeit seinerseits, die ihr das Recht gab, beleidigt zu sein.

Allerdings - Felix würde das nicht so sehen.

Im Ausnahmezustand war er keiner Logik zugänglich. Stattdessen brachen sich seine Aggressionen Bahn. Unberechenbare Ausbrüche, die ein Zerstörungsziel suchten um jeden Preis. Sei es einen beliebigen Fremden, sich selbst - oder auch sie, unter dem Vorwand, sie habe sich nicht um ihn gekümmert, was nur bestätige, dass er in ihrem Leben nicht die geringste Rolle spiele, für sie weniger als Nichts sei, sie sich erhaben fühle, aber er werde es ihr schon zeigen und so weiter, wie mehrfach gehabt.

Sie seufzte tief. Sie konnte nicht achselzuckend oder gar gekränkt nach Hause fahren. Felix tat das alles nicht, weil er sich oder anderen seine Großartigkeit oder Unabhängigkeit beweisen wollte. Es waren Hilferufe seiner verletzten Seele.

Sie würde ihn suchen gehen. In der Innenstadt, gleich jenseits der Brücke, war eines der Lokale, die er manchmal erwähnte. Vielleicht war er dorthin gegangen, um zu schauen, ob Kollegen oder Bekannte drinnen saßen.

Die Tische standen dicht gedrängt, waren voll mit Menschen. Sie zwängte sich durch, nach rechts und links „Pardon!" murmelnd. Der verschwitzte Ober blickte ihr misstrauisch nach, ob sie sich vielleicht ohne etwas zu konsumieren auf die Toilette schwindeln wollte, hatte aber keine Zeit, sie weiter zu verfolgen. Die Diskutanten blickten von ihren Tischchen hoch, die Blicke glitten aufwärts durch den Rauch ihrer Zigaretten bis zu Margots Gesicht. Sie sah sich um in der Stille der kurz verstummten Gespräche, es war peinlich. Eine Peinlichkeit, die sie auf sich nehmen musste, auf sich nahm.

Sollte sie Demut lernen? War das eine ihrer Aufgaben? Gedanken tauchten auf, die wie nächtliche Tiere herumgeisterten und wieder in der Dunkelheit verschwanden, so wie sie selbst aus der wabbernden Wärme des Cafés wieder in die Dunkelheit der Straße hinaustauchte.

Es waren nur mehr wenige Menschen unterwegs. Wahrscheinlich drehten sich die meisten bereits in ihren Betten behaglich von einer Seite auf die andere. Dennoch waren die Lokale, an denen sie vorbeikam, gut besucht. Manche von ihnen waren so finster, dass man beim besten Willen nicht hineinsehen konnte. Margot brachte nicht mehr den Mut auf, einzudringen. Es waren sicher solche, die man zwielichtig nannte. Das ganze

Viertel, in das sie da hineingesteuert war, konnte man gut und gern so nennen.

Die Gassen waren nun schmäler und auch spärlicher erhellt. Aus den dunklen Hausfassaden, die sich nach obenhin im Nachthimmel verloren, stach ein noch beleuchtetes Fenster heraus. In der Begrenzung des hellen Vierecks sah man völlig kahle Zimmerwände, die ein einfaches Kruzifix zierte. Ein Kruzifix aus Holz, wie es in ihrer Volksschulzeit im Klassenzimmer gehangen hatte oder in Gerichten, von wo der Gekreuzigte mit gesenktem Haupt auf die Sünder herabblickte. Nie wieder hatte sie seither derart nackte Wände mit einem solchen Kruzifix gesehen. Ein Mann ging jetzt durch den Bildausschnitt. Man sah von unten nur seinen Kopf mit dem überaus kurz geschorenen Haar, wenig und grau, ein alter Mann mit großen Ohren. Er wirkte asketisch und streng. Dann wieder nur die weißen nackten Wände mit dem spartanischen Kruzifix, bis das Licht erlosch.

Warum alte Männer immer so auffallende Ohren hatten? Im Laufe der Jahre wurden sie immer größer und immer weniger nutz, so dass man sie bei ihrer Arbeit noch unterstützen musste. So wurde man nach und nach zum Prothesenmenschen. Brillen. Zähne. Und der Höhepunkt war der Schrittmacher fürs Herz, wenn auch dieses nicht mehr so richtig wollte.

Es ist nicht so, dass „die Jugend unsere Zukunft" ist (Ihr war schon wieder ein Zitat eingefallen). Bestenfalls war das anderer Menschen Jugend. Unsere Zukunft, dachte Margot bitter, ist das Alter. Aber das traut sich keiner zu sagen.

Ohren - schien ihr - waren zusammen mit Augenbrauen und den Haarbüscheln in Ohren und Nase das einzige, das sich im Alter weiterentwickelte, während der Rest mehr und mehr verfiel. Auch das Bild, das sich von ihrem Vater bei ihr eingeprägt hatte, zeigte diese Eigenheiten. Dabei hatte sie ihn viele Jahrzehnte als blühenden Mann gekannt, damals, als sie selber noch ein Kind, eine Heranwachsende war. Aber diese Bilder waren nicht präsent, mussten mit viel Mühe und der Hilfe von Fotos aufgerufen werden. Sie schienen wie unter atmosphärischen Störungen verblasst und instabil. Auch die Zeit hatte offenbar ihre Atmosphäre, die sich verzerrend oder störend über Erlebtes legte und einen davon abtrennte.

Margot stolperte und wäre beinahe hingefallen. Ihre streunenden Gedanken und der Blick zu dem Fenster, nun schon ein wenig über die Schulter zurück, hatten ihre Konzentration vom Weg abgelenkt. Ein Schwall von Flüchen brachte sie Hals über Kopf in die Gegenwart zurück. Im Schutz einer Einfahrt, deren Torbogen noch finsterer war als die Gasse selbst, hatte sich eine Frau niedergelassen, eingemummt in alles, was sie hatte, und eingelullt von Alkohol, der nicht nur unendliche Müdigkeit hervorrief, sondern auch die Illusion einer behaglichen Ecke, in der sie Ruhe finden würde. Nun war Margot über ihr aus der Einfahrt ragendes Bein gestolpert, und es war nicht klar, wer von den beiden mehr darüber erschrocken war. Die Frau kreischte und zeterte aus dem schwarzen Schattenbogen heraus, während Margot aus Angst und wegen des Lallens kaum etwas verstand. Auch nichts entgegnete, sondern mit schreckgeweiteten Augen, die trotz Brillen die Dunkelheit nicht völlig durchdringen konnten, rückwärts eilend sich von der Betrunkenen entfernte.

Eine Tür öffnete sich, und jemand trat heraus, mit dem Margot - die verkehrt ging - sofort zusammenstieß. Die dicht verhängten Fenster zeigten erst auf den zweiten Blick, dass auch hier ein Lokal geöffnet hatte. Eine Spelunke, in der Arbeiter aus den umliegenden Häusern oder ein paar nach Landsleuten sehnsüchtige Ausländer der Einsamkeit ihrer Unterkünfte entflohen.

„Hoppala, schöne Frau!“ sagte der Mann, genauso

überrumpelt wie sie.

„Entschuldigung..." hauchte Margot, drehte sich um und hastete so schnell es unauffällig möglich war davon. An der nächsten Kreuzung angelangt, rannte sie, zweimal um Straßenecken biegend, als würde sie verfolgt. Ihr Herz raste. Sie hatte die Orientierung verloren, aber wenn sie nur auf die nächste Ampelkreuzung und auf größere Straßen zuhielt, würde sie sich bald wieder zurecht und zum Auto finden.

Sie schlug die Fahrertür schützend hinter sich zu, sperrte sich sogar ein. Schluss mit dem Suchen. Es war lange nach Mitternacht. Sie hatte ihr Möglichstes getan. Vielleicht war Felix schon zu Hause und schlief wie ein Murmeltier. Vielleicht - und dabei wurde sie wieder verzagt - vielleicht aber lag er auch auf einer Parkbank oder in einem Torbogen wie die Frau vorhin, niedergezogen von dem, was ihm gerade zu schaffen machte.

Felix litt unter allem, konnte nichts aufarbeiten, immer wieder kam Neues dazu. Wie vor kurzem die Sache mit dem Kind. Leider hatte sie ihm heute nicht viel helfen können. Vielleicht machte er ihr noch Vorwürfe, weil sie noch nicht zu Hause war. Es würde schwierig sein, ihm etwas zu erklären.

Als sie sich ihrem Wohnhaus näherte, wurde sie immer unruhiger. Würde Licht in den Fenstern sein? Wenn ja, dann war er schon zu Hause. Aber in welchem Zustand? Wenn nein, war er entweder bereits im Bett - oder noch unterwegs. Sie malte sich aus, wie es wäre, einmal entspannt nach Hause kommen zu können. Man wäre ruhig und gelassen, müsste sich nicht eine Beruhigung einreden, die nicht zu überzeugen vermochte. Bang blickte sie zu der Fensterreihe hinauf. Sie war finster.

Freilich konnte sie nicht erwarten, dass sie freudig empfangen würde, wenn Felix überhaupt schon da war. Sie erinnerte sich an einen Abend vor acht Jahren, dessen Dunkelrot heute noch so frisch in ihr gloste wie damals.

Margot kam von einer Freundin gegen Abend nach Hause. Es war bereits finster. Zu ihrer Freude war Felix schon daheim. Sie merkte es bereits beim Aufsperren und im Vorzimmer.

Als sie die Tür zum dunklen Wohnzimmer öffnete, erkannte sie kaum Felix in einem Fauteuil sitzend. Auf dem Couchtisch brannte als einziges Licht das Flämmchen einer Friedhofskerze. Es war eine jener Kerzen, die in eine rote Plastikhülle gegossen waren, so dass das Flämmchen durch die Hülle hindurch einen roten Schein gab. Offenbar brannte es schon lange, es befand sich bereits gut in der Mitte. Je mehr sich das Auge an die Dunkelheit gewöhnte, umso intensiver, umso suggestiver wurde das Grablicht, das den Raum völlig in düsteres Rot tauchte. Dazu auf akustischer Ebene eine Platte in stimmiger Wellenlänge, ein Sumpf pathetischer Musik. Nach dem freundschaftlich verplauderten Café-Nachmittag wie ein Spuk aus einer anderen Welt.

Aus dem Fauteuil kam Felix' halberstickte Stimme, heute sei doch der erste Todestag seiner Mutter, dessen wolle er gedenken, da hinein wolle er sich versenken.

Das fand Margot gerechtfertigt, Mutter ist schließlich Mutter. Außerdem war es bei ihnen üblich, sich der Todestage der Angehörigen zu erinnern, fallweise mit einer Kerze, fallweise auch nur mit einer liebevollen Erwähnung. Aber doch nie - bisher jedenfalls - mit einem Grablicht, das die Augen in der Dunkelheit hypnotisch anzog, eine magische Wirkung auszuüben schien. Felix hatte kaum etwas getrunken, das konnte sie beurteilen, vielleicht gerade so viel, um seine Labilität auszulösen. Jedenfalls schien er eher wie in Trance, wie unter einem fremden Willen. Es war wie eine Danse macabre, als würde eine fremde Macht sich als gespenstischer Taktgeber versuchen.

Urwissen, Instinkt oder was auch immer sagten Margot, dass sie sich stellen müsse. Dass der Abschied beim Tod der Mutter nicht stattgefunden hatte. Dass er jetzt stattfinden müsse, oder Felix würde nie mit ihrem Tod fertig werden.

Die Mutter hatte immer Macht ausüben wollen. Da sie bei Elmar auf Widerstand stieß, den er bis zu seinen krallenartigen Nägeln hin zeigte, hielt sie sich mehr an Felix. Unbestritten war auch, dass zwischen Felix und der Mutter allein schon durch den Bombenfall und allem, was beide nachher miteinander und aneinander durchlitten hatten, eine überaus starke, wenn auch nicht ungetrübte Bindung bestand. Es war für Margot nicht verwunderlich, dass diese übergewichtige Beziehung mit dem einfachen Wegsterben nicht erledigt war. Sie musste erst abgerechnet und bilanziert werden, Schönes und Schwieriges musste inventiert und bewertet werden, ein lange dauernder Prozess, der nicht durch dunkle Spielchen aus dem Gleichgewicht gebracht werden durfte.

Sie wappnete sich mit innerer Kraft. Ohne an Licht oder Musik etwas zu verändern, ging sie auf ihn zu und nahm ihn in die Arme.

„Die Mutter zu verlieren, ist etwas sehr Einschneidendes. Ich weiß, dass dir das zu Herzen geht."

Da löste sich seine Starre, und er begann zu weinen. Trotz unvergesslicher schlimmer Erlebnisse war es doch eine Kindheit in Geborgenheit gewesen. Trotz fehlender angeborener Wärme doch in Bemühung um Wärme, so gut es eben ging.

Margot ließ ihn weinen und bestätigte ihm, wie die Mutter sich um die Familie gekümmert hatte und besonders um ihn. Sie machte Licht in der Küche und später im Schlafzimmer, so dass die hypnotische Macht des Grablichtes nach und nach gedämpft wurde. Die Schallplatte war inzwischen von alleine zu Ende gelaufen. Margot unterstützte Felix' Gefühl der Müdigkeit nach der großen emotionalen Erregung, so dass er zu Bett ging, wo er erschöpft, aber ein wenig getröstet einschlief.

In den nächsten Jahren sorgte Margot dafür, dass sie an jedem Todestag auf Urlaub waren. Das ließ sich glücklicher Weise durch den Winterurlaub gut machen. Damit war der Tagesablauf und die Umgebung so weit verändert, dass keine übergroße Sentimentalität aufkommen konnte. Mit den Jahren flaute die Übermächtigkeit der Erinnerung ab, und das Gedenken an die Mutter kam in normale Bahnen.

Es war mühselig, all diese Düsternisse zu bewältigen, und traurig, dass in ihrer Beziehung schon einfaches nach Hause Kommen zum Abenteuer wurde. Doch diesmal war die Wohnung leer, Felix war noch nicht zurückgekommen. Margot spürte bei aller Sorge eine gewisse Erleichterung. Ohne einen Grund angeben zu können, fand sie es günstiger, vor ihm anwesend zu sein.

Im Gegensatz zu ihrer Verfassung spielte ihr die Wohnung ein Bild der Idylle vor. Aus dem Schirm der Lampe fiel das Licht auf einen Strauß Hortensien, die Blütenblätter trocken und durchscheinend wie altes Seidenpapier. Federleichte Schattenmuster lagen auf der Glasplatte des Tisches, ein Hauch schon hätte sie entfernt. Es war ein Bild von so unbeschreiblicher Zartheit und Schönheit, dass Margot sich daran zu wärmen suchte. Das Lächeln des kleinen Mädchens ging ihr durch den Sinn. Sie wünschte, sie hätte die Begabung gehabt, dieses Lächeln zu malen, vermischt mit der Zartheit der vertrockneten Blütenblätter. Doch leider, als Künstlerin war sie nicht geeignet. Und es löste auch ihre Probleme nicht.

Immer dieses ins Dunkel Hineinwarten, bis schließlich der Schlüssel sperrte und die anderen ersehnten gefürchteten Geräusche Raum griffen. Die plumpen Schritte, das schwerfällige Lösen der Schuhe, das Hände Waschen. Und sein Einschlafen, das sie ausgehöhlt daneben zurückließ in Finsternis und Einsamkeit.

Wie war es früher gewesen, als die Kinder noch hier waren? Vielleicht nicht anders, ihre Erinnerungen verschwammen. Jedenfalls hatte sie sich in Anwesenheit der Kinder nicht gefürchtet. Sie war nicht so ausschließlich ausgeliefert gewesen wie jetzt. Vor den Kindern ließ Felix sich nicht gehen, hatte eine Art Ehrfurcht, gottseidank. Vor ihr nicht.

Von ihr trennte ihn nichts. Sie war für ihn ein Teil seiner selbst, sein Alter Ego, und da er sich selbst oft hasste, übertrug er den Hass auch auf diesen seinen Teil: auf sie.

Durch die gekippten Jalousien sah sie auf das gegenüberliegende Haus. Das eine oder andere Fenster war erleuchtet. Ohne die Bewohner zu kennen, hatte sie eine Beziehung zu ihnen entwickelt, fühlte sich ihnen verbunden. Gleichgültig, wie spät es war, offenbarte ihr der Blick auf die in wechselndem Rhythmus erhellten oder dunklen Fenster, dass auch dort Menschen sich ihrem Schicksal stellen mussten.

17

Der Morgen fasste Felix an grob wie ein Arbeitshandschuh. Er erinnerte sich nicht mehr, wo er gewesen war oder was er getan hatte. Irgendwann hatte er sich in den schwarzen, abgesessenen Rücksitz eines Taxis fallen lassen hinter einem Fahrer, der genauso intensiv nach Leder und Zigaretten roch wie sein alter Mercedes.

Es war das bekannte Spielchen. Natürlich hatte er zu wenig Schlaf, aber dafür ein schlechtes Gewissen. Am nächsten Tag hatte er immer ein schlechtes Gewissen. Es war eine Last, eine Lästigkeit, die er gern los gewesen wäre, aber irgendwie hatte er auch resigniert. Oder er reagierte mit Aufbegehren.

Früher hatte Margot oft gefragt, wo er denn gewesen sei.

„Was soll das heißen? Bin ich vor der Inquisition?" war seine unwirsche Reaktion. Jetzt fragte sie nicht mehr.

Er wollte es nicht zugeben, aber das war ihm auch nicht recht. Womöglich war es ihr gleichgültig geworden. Dennoch: was ging es sie an, wann und in welchem Zustand er nach Hause kam? Es kam - meinte er - schließlich nicht allzu oft vor.

Aber es ging sie natürlich etwas an, denn ER ging sie etwas an. Er hätte sie schließlich im umgekehrten Fall auch gefragt. Er war schuldbewusst, weil er die Antwort schuldig blieb.

Das war eben sein Los, es war zum Verzweifeln.

Manchmal dachte er, dass sie mit ihren Fragen vielleicht wirklich nicht quälen wollte, sondern verstehen, helfen - - Wie wunderbar. Aber er wollte sich auch nicht völlig preisgeben. Da musste doch irgendetwas Eigenes, Abschließbares für ihn selbst bleiben. Und wenn es nichts Schönes, Lichtes sein konnte, dann wenigstens etwas Dunkles, das ihm allein gehörte.

Er war mit Dunkelheit eingedeckt worden im wörtlichsten Sinn, und es war kein Ende abzusehen. Immer fiel DEM da oben noch etwas ein, wie vor kurzem das mit dem Baby. Und nun war überhaupt Manfreds Ehe in Gefahr. Monika hatte durch die Fehlgeburt eine Art Schock erlitten und drehte durch, wollte gar keine Kinder mehr, am besten auch keinen Mann, lieber in ihrer Arbeit aufgehen und Karriere machen. Manfred reagierte hilflos und verstört. Wie würden die beiden ihre Krise bewältigen? Monika überlegte sogar, eine Versetzung ins Ausland anzunehmen.

Wenn Manfred manchmal abends alleine bei ihnen saß, während Monika noch spät bei Incentive Reisen arbeitete, litt Felix mit ihm. Freilich blieben die Fassaden nach außen intakt, Fenster und Türen geschlossen. Nur kein Wunden-Voyeurismus. Aber Felix wusste, dass Manfred gar nicht gekommen wäre, hätte er ihre Gesellschaft, ihren Beistand nicht gebraucht. Unglück war schwer zu ertragen, aber noch schwerer war es, den Kindern in ihrem Unglück zuzusehen.

Wie können wir uns abhärten? fragte sich Felix verzweifelt.

Er dachte an seine Kollegin Winnie, die ständig mit trotzig vorgeschobener Unterlippe ihr Leben reklamierte, als hätte sie vom Schicksal etwas einzufordern. Der Mensch hatte aber keinen Anspruch auf Glück. Er hatte nur Glück, wenn er Glück hatte, das war die traurige Tatsache.

Und eine weitere Tatsache war: Es gab auch keine Gerechtigkeit, jeder konnte das bezeugen. Keinen gerechten Lohn für wohlgefälliges Verhalten und keine gerechte Strafe für Übeltäter, wie es in Filmen - Wunschdenken der Zuschauer - gerne gezeigt wurde. Und DER da oben machte sich höchstwahrscheinlich noch lustig darüber, dieser Gott - oder „jenes höhere Wesen, das wir verehren“, um auch einmal zu zitieren, wie Margot es täte.

Der Mensch war ja käuflich: „das wir verehren“, wenn es uns zufällig gut ging. Das wir aber hassten oder fürchteten, wenn es uns schlecht ging. Wahrscheinlich war es sowieso ident mit dem, was wir Teufel nennen, sein Gegenstück, der inhärente Kontrast, Weiß und Schwarz, untrennbar miteinander verbunden, ineinander verschlungen wie Yin und Yang, die zwei Seiten ein- und derselben Medaille. Der Gott-Teufel.

Was das für Begriffe waren! Sie berührten ihn seltsam, überhaupt wenn er sie dem Vokabular seiner Branche gegenüberstellte. Altmodisch waren sie, überlebt, ohne Bedeutung für Menschen von heute.

Aber nur scheinbar, denn eine erdige, urtümliche Wirkung ging von ihnen aus. Eine verhaltene Drohung, noch während sie sich tot stellten und alle in dem Glauben ließen, sie seien überholt.

Ob man nun religiös war oder nicht: In diesem Land war man von der Kirche geprägt. Das war keine Frage der Frömmigkeit sondern der gesättigten Atmosphäre. Felix wollte nicht glauben - und konnte sich doch nicht entziehen. Der Gott seiner Mutter, der ihm Teufel war, war immer zugegen. Die Mutter war bibelfest, fuhr einem bei jeder Gelegenheit mit einem Vers ins Gesicht, um die Richtigkeit ihrer Aussagen zu untermauern.

„Hüte dich vor den Gezeichneten..." war eines der von ihm am lebhaftesten erinnerten Zitate, wenn er auch nicht wusste, wie es wörtlich weiterging. Sinngemäß: Sie lebten nämlich ihre Schäden an den anderen aus.

Vielleicht war es ihm aber nur deshalb so gewärtig, weil er selbst ein Gezeichneter war. Sein zerfleischtes Bein erinnerte ihn bei jedem Wetterwechsel daran. Dabei - so ging ihm oft durch den Sinn - waren die äußeren Narben weitgehend unerheblich. Man musste sich nur vor denen fürchten, die man nicht sah: vor den inneren Narben.

Als Felix Margot kennenlernte, war freilich nicht viel davon zu merken. Sein jugendlich schäumender Übermut täuschte wahrscheinlich sogar ihn selbst über die Verletzungen hinweg. Doch durch den zersetzenden Einfluss der Zeit verfiel zuerst der Über- und später sogar der Mut an sich, sosehr er ihn auch zusammennahm. Eine schreckliche Korrosion mit persönlichkeitsverändernder Wirkung.

Wo war es denn geblieben, das Lachen, das einfach davon kam, dass einer ein komisches Gesicht machte, einfach aus Lust am Spaß? Viele Dinge, über die er als Jugendlicher sogar Tränen gelacht hatte, konnte er heute völlig ungerührt sehen oder hören, sie entlockten ihm nicht einmal ein Schmunzeln. Und das ihm, der so gern herumgealbert hatte! Wenn er sich nur in Erinnerung rief, worüber so eine Gruppe Schulkinder in der U-Bahn kichern konnte. Das war nichts, das absolute Nichts. Sie brauchten sich nur anzusehen und prusteten schon los. Doch diese warme, fruchtbare Fähigkeit dünnte durch die Zeit aus, so wie Humus durch Wind und Regen weggewaschen wurde, bis nur mehr dürre, unfruchtbare Wüste zurückblieb.

Diese Entwicklung war nicht auf ihn allein beschränkt. Bei Margot war es ganz ähnlich, und er wollte nicht schon wieder denken müssen, dass er daran schuld war. Er konnte diese vertrocknende Fröhlichkeit auch bei anderen Menschen beobachten. Es verging ihnen allen nach und nach das Lachen. Auch seine Mutter hatte manchmal dem Vater gegenüber geklagt:

„Was warst du früher für ein lustiger Kerl, gelacht und gesungen hast du... Ich habe dich ja nicht zuletzt deswegen geheiratet!"

Der Vater wehrte sich dann: Das sei das Leben.

Das Leben, das über einen hinweg ging wie Räder über einen Hasen auf der Autobahn. Zerfleischt, zerr-fleischt, bis überhaupt nichts mehr da war, beim nächsten Regen weggespült aus Fahrspur und Erinnerung. Zurück blieb die Straße, gesäumt von den unzähligen Sternen der Wegwarte, die blauäugig in den Himmel starrten.

Und doch empfand Felix noch Hoffnung. Im Wüstenernst des Lebens hielten sich immer noch einige wenige Oasen seines kindlichen Humors. Wenn er einmal gut aufgelegt war, bemühte er sich, Margot zum Lachen zu bringen. Sie war so dankbar dafür, ließ sich gern mitreißen von seinen einfachen Bemühungen, die er mit listigem Blick und spitzbübisch gekräuselter Nase möglichst leicht bemerkbar machte.

Margot hatte zum Beispiel die Gewohnheit, Kastentürchen offenstehen zu lassen, während sie zwischen den einzelnen Räumen hin und her schoss. In Kürze würde sie ja genau da wieder hineingreifen wollen.

Sie kam ins Wohnzimmer und stutzte: Beim ganzen großen Wandverbau standen alle Türen und Türchen und auch die Laden offen, und sie war sicher, dass sie höchstens ein oder zwei benützt hatte.

„Felix!?“

Felix kam mit der Miene aufreizender Unschuld aus dem Vorzimmer:

„Bitte?“

Margot schmunzelte ihn wortlos an, und beide lachten.

„Ich wollte dir eine Freude machen! Du hast doch so gern offene Kästen...“ Er schloss sie in die Arme, und sie schmiegte sich hinein.

So einfach konnte Glück sein.

Es war wie in seinem Beruf: Die wirklich gute Headline, die wirklich schlagende Bildidee waren so einfach, dass nachher jeder meinte: Das wäre mir auch eingefallen. - Und dennoch zählte die Befolgung der alten Werberegel „Keep it simple“ zu den schwierigsten Aufgaben.

Vorgestern war ihm ein solcher Glücksfall gelungen. Er war einsichtig genug zu wissen, dass bei allem Einfallsreichtum, Wissen und Fingerspitzengefühl trotzdem das Quentchen Glück dazugehörte. Sogar Susanne Redlich rang sich eine lobende Bemerkung ab, auf ihre Weise:

„ Alle Achtung, Feli (Sie sagte >Feli<), du bist ja immer noch gut!“

Er hätte ihr eine Ohrfeige geben können.

Vielleicht konnte sie nicht anders, wahrscheinlich war auch sie auf die eine oder andere Art geschädigt. Aber gerade die spöttische Herabsetzung jedes, der auch nur einen Tag älter war als sie selbst, war ihm völlig unverständlich. Gleichgültig nämlich, wie alt jemand war: Jeder einzelne musste durch alles durch, durch Geburt, Kindheit, Schule, Partnerschaft, Arbeit, Alter, Tod. Und das jeweilige Datum, mit dem dieser Frust (Margot würde sagen: Lernprozess) begann, war doch reiner Zufall, weder Verdienst noch Makel.

Das war die Logik. Aber so wurde im Arbeitsleben nicht gespielt. Da ging es um Ausschaltung, um Niedermachen, damit man sich selber erhöhe. Dazu war jedes Mittel recht. Richtig war es nicht, denn jede Altersgruppe hatte ihre Vorzüge, weswegen eine gemischte Altersstruktur, so dachte Felix, in jeder Firma optimale Ergebnisse brächte. Doch die Wirklichkeit war weit davon entfernt. Selbst so liebenswerte Menschen wie die stämmige Christine, der er täglich gegenüber saß, waren bis oben angefüllt mit den gängigen Klischees, übernahmen sie ohne nachzudenken.

Gestern beispielsweise war sie nicht in der Agentur gewesen. Felix hatte sie daheim angerufen und war an ihren Freund geraten. Er unterhielt sich eine Weile mit ihm, angeregt und freundschaftlich ohne ihn zu kennen, und bat um Christines Rückruf. Dieser kam.

„Entschuldige bitte, dass mein Freund DU zu dir gesagt hat. Du hast so eine junge Stimme. Er hat nicht erkannt, wer du bist."

Sie meinte damit Felix' Alter, er wusste es sofort, denn sonst war er ja niemand mehr in der Agentur-Hierarchie, nur ein gleichgestellter Kollege. Aber im Verhältnis zu ihr und ihrem Freund stand er im Eltern-Alter. Also wer war er? Nach Christines Aufklärung ein Zombie, ein gerade noch lebender Leichnam. Vorher hatte ihn der Freund noch wie alle anderen Menschen behandelt.

Felix ging zum Drucker, um einen erwarteten Ausdruck abzuholen. Ein Blatt war in Arbeit. Der Drucker warf es mit einem winzigen Geräusch aus und machte sich mit den üblichen Verdauungsgeräuschen an das nächste, das er hochwürgte wie Raubvögel ihr Gewölle. Es war nicht das von Felix erwartete Papier, sondern die Einladung zu einem Briefinggespräch an das ausgewählte Team.

Die Wettbewerbspräsentation für eine große Kino-Kette stand bevor. Es war eine bedeutende Sache, jedenfalls ein Etat, wo man kreativer arbeiten konnte als für Waschmittel oder Suppen. Das machte Spaß, da fiel einem auch mehr ein. Die ausgelutschten Themen der am heißesten umkämpften Märkte wie Zigaretten, Soft Drinks, Waschmittel, Autos oder Margarine - viele Kreative weigerten sich bereits, sich daran die Zähne auszubeißen. Da würde nie etwas Spektakuläres herauskommen, denn hier saßen auch die zähesten Kunden.

Und nun endlich einmal etwas Schönes.

Wie viele Präsentationen hatte Felix schon durchgekämpft! Erst die Stunden im „Elfenbeinturm“, dann die heißen Brainstormings, wo die skurrilsten Hirngespinste in den Raum gestellt wurden. Everythings goes, alles war erlaubt außer Kritik. Die schöpferische Pause - freilich aus Zeitgründen kurz, kürzer, am kürzesten - in der sich der Dampf legte, der Blick sich klärte. Die Einigung auf eine Anzahl von Ideen, die beim Ausarbeiten der Werbelinie weiter reduziert wurde, bis schließlich eine oder manchmal zwei übrig blieben, die man für die Präsentation fertigmachte.

Der Kampf um die Details in dieser zweiten wichtigen Schöpfungsphase: Wie setzte man die Idee am besten um, die Headlines, die Grafik, die Layouts für Hörfunk und Fernsehen, in letzter Minute bei einem unter Druck gesetzten Studio doch noch zufriedenstellend fertiggestellt. Man glaubte es kaum und schaffte es doch immer wieder. Jetzt nur noch die Plakatentwürfe auf die Pappen geklebt, auf der Rückseite die Agentur-Kleber nicht vergessen. Gabi brachte die Präsentations-Handouts, gebunden zum Verteilen, dann „Toi-toi-toi!“ für die zwei oder drei, die präsentieren würden. Und das Erschlaffen der Agentur, wenn die Tür hinter ihnen ins Schloss gefallen war.

Felix war als Creative Grouphead bei den Präsentationen immer dabei gewesen, hatte er doch die Entwicklung zum Großteil mitgetragen. Es war eine große Verantwortung, aber auch ein großer Reiz, ein Stimulans. Überhaupt war für ihn das Ringen um den Neugewinn eines Etats ein nahezu erotisches Unterfangen, in seiner Kumulation einem Orgasmus gleich. Und es ließ ihn auch genauso erschöpft und ausgepumpt und - wenn es gut gegangen war - glücklich zurück. Nun lag mit der Kino-Kette wieder etwas Begehrenswertes vor. Da konnte man seine Ideen spielen lassen. Da war einfach mehr Spaß dabei als bei Pimm's Toilettepapier oder Reineputz Schwammtücher.

Das Blatt in seiner Hand starrte Felix an, und er starrte zurück. Sein Name stand nicht darauf. Er war nicht zum Team eingeteilt worden.

Also Ausgrenzung. Blockierung, Abstellgleis, Sackgasse.

Ja. Jetzt versuchten sie es also auf diese Weise. Den Mitarbeiter so lange zu vergrämen, bis er von alleine ging. Man ersparte sich dadurch nicht nur unangenehme Konfrontationen. Es kam die Firma auch billiger, weil bei Selbstkündigung die Abfertigung wegfiel. Da war wieder dieses dunkle Vakuum, diese saugende Leere in seinem Inneren, die in den letzten Monaten so häufig sein Agenturbegleiter war.

Natürlich konnte er jetzt in das Zimmer der Redlich stürmen und Krach schlagen. Sie würde ihn ansehen durch den Rauch ihrer Zigarette hindurch und irgendwelche glatte Fertigworte parat haben wie:

„Aber Feli! Dich brauchen wir für die schwierigen Kunden. Da zählt deine Erfahrung. Schließlich sind das die Produkte, von denen wir leben! Die neuen Etats - die haben wir ja noch nicht. Die machen inzwischen nur Kosten. Die bestehenden Kunden aber kann man gar nicht genug servicieren. Wir sind froh, dass wir dich dafür haben..."

Ob wohl alle älteren Mitarbeiter so abserviert wurden?

Schon der Ausdruck „älterer Mitarbeiter" wollte sich von ihm gar nicht richtig denken lassen, wollte in seinen Kopf einfach nicht hinein. Für ihn war ein älterer Mensch jemand mit - sagen wir gefühlsmäßig - achtundsechzig, siebzig über achtzig dann ein alter Mensch. Aber er, er war doch der junge Felix. Gut, ein paar Jahre waren darüber hinweggegangen, aber viele konnten es - wieder gefühlsmäßig - nicht sein. Inneres und äußeres Alter liefen keineswegs parallel.

Der fünfundsiebzigste Geburtstag seiner Großmutter stand bevor, einer abgearbeiteten, hageren Frau. Felix beschäftigte der Gedanke, was er ihr wohl schenken könnte. Bisher hatte er ihr nur Selbstgemachtes gegeben, wie es bei jungen Leute ohne Einkommen üblich war. Nun stand er im letzten Semester der Akademie, hatte durch Ferialarbeit und kleine Grafik-Aufträge etwas Geld eingenommen.

Eines Tages fiel ihm auf, dass die Großmutter keine Uhr trug. Sicher hatte Felix schon tausendmal Handgelenke oder Arme seiner Großmutter gesehen. Diesmal bemerkte er sie, nahm ihr Bild ganz bewusst auf. Die Geschichte ihres ganzen kargen Lebens schien ihm in ihnen dargestellt, in ihrer Kantigkeit, ihrer dünn gewordenen, zartfaltigen Haut, ihrer Blöße.

Diese Blöße ging ihm nahe, denn die Großmutter trug nichts um die Handgelenke herum, kein Armband, keine Uhr. Vor allem eine Uhr hatte heutzutage doch schon jeder. Er beschloss, seiner Großmutter zum fünfundsiebzigsten Geburtstag eine Armbanduhr zu kaufen.

Es war eine billige Uhr, denn er hatte wenig Geld. Aber es war eine Uhr und das erste „richtige" Geschenk, das er machte. Sie lag auf rosa Seidenpapier in einer länglichen Pappschachtel, auf der eine Art Siegel aus Goldpapier klebte. Felix hielt diese Verpackung für würdig genug und wickelte das Geschenk nicht weiter ein. Aus irgendeinem Grund fand keine große Geburtstagsfeier statt. Vielleicht hatte die Großmutter selbst sie abgelehnt. Felix war mit ihr allein, als er ihr das bescheidene Päckchen ohne viel Aufhebens gab.

Die Großmutter nahm es, wie sie seine früheren Gaben angenommen hatte: mit der Ernsthaftigkeit, die Erwachsene jugendlicher Unbeholfenheit entgegenbringen. Und in stiller Zuneigung, weil sie alles, selbst das Geringste, von ihm lieben würde. Sie nahm den Schachteldeckel mit gespielter Erwartung ab.

Lange blieb es still im Raum.

„Eine Uhr - - „ stammelte sie schließlich. „Eine Armbanduhr - -“ Sie sprach leise und mit großen Pausen, wie zu sich selbst.

„Seit ich denken kann, hab ich mir eine Armbanduhr gewünscht. Irgendwie ist es nie dazu gekommen. Zu Hause waren wir so viele Kinder, da war an sowas gar nicht zu denken. Nur der Vater hatte eine eigene Uhr. Und später - da war die Familie, die Kinder, die sind natürlich vorgegangen. Der Krieg, wer konnte da an Uhren denken! Und jetzt - - Ich hab fast schon darauf vergessen...“

Felix war erschrocken und ergriffen zugleich. Diese Frau war nicht fünfundsiebzig, sie war zwölf oder dreizehn Jahre alt. Oder dreiundzwanzig, vielleicht fünfundvierzig. Ihre Jugend schimmerte durch die unbedeutend gewordene körperliche Hülle. Mit dem Geschenk hatte er so genau getroffen, so betroffen, dass dies fast die Freude überwog. Er hatte einem kleinen Mädchen einen Traum erfüllt, einem Mädchen, das inzwischen fünfundsiebzig Jahre alt geworden war.

Dieses Erlebnis prägte ganz entscheidend seine Einstellung. Er begriff, dass das Kind immer im Menschen lebendig blieb. Dass Alter nie Wertigkeit, sondern nur Verhältniszahl sein konnte.

Er versuchte, sich an die - im Verhältnis zu ihm - „älteren Mitarbeiter“ zu erinnern, die er selbst in jungen Jahren erlebt hatte.

Da war vor allem der alte Kronfuß. Zwei oder drei Jahre lang war er mit ihm Tisch an Tisch gesessen. Der alte Kronfuß war ein hervorragender Grafiker und ein fröhlicher Mensch - gewesen. Leider war ihm der Humor in der Arbeit ziemlich abhanden gekommen. Er erzählte dem Jungen nie, warum. Aber manchmal schlugen die Enttäuschung, die Bitterkeit, so stark durch, dass Felix fast Mitleid mit ihm hatte. Privat verstanden sich die Kollegen gut. Felix empfand ihn als väterlichen Freund, mit dem man über vieles reden konnte.

Umso überraschter waren alle - und Felix hatte ihm das bis heute nicht wirklich verziehen - , dass dieser Mann sie grußlos von heute auf morgen verließ. Eines Morgens erschien er einfach nicht mehr in der Agentur. Felix fragte den Gestaltungsleiter:

„Wo ist denn eigentlich der Anton? Der wollte doch jetzt irgendwann in Pension gehen?"

„Der Anton ist schon weg." Der CD schien sich nicht ganz wohlzufühlen in seiner Haut, weil er mit ihm gemeinsame Sache gemacht hatte. „Er wollte keinen offiziellen Abschied und so, und da hat er sich das mit seinen restlichen Urlaubstagen so eingeteilt. - - Er wollte nicht, dass ich es euch sage..."

Tatsächlich war es so, dass der alte Kronfuß sich nie wieder blicken ließ. Welche Enttäuschung musste dieser Mann in sich gesammelt haben, dass er die Agentur und die Menschen, mit denen er jahrelang Seite an Seite gearbeitet hatte, von heute auf morgen aus seinem Leben strich. Noch heute war Felix zutiefst darüber betroffen.

Und jetzt, vermutlich war jetzt er für die anderen „der alte Eibesperger", dessen sie sich - vielleicht - einmal erinnerten. Es war wohl lehrreich, das alles durchzumachen. Vor allem aber schmerzhaft, und man konnte nichts dagegen tun. Man musste resignieren, abschalten, in die innere Emigration gehen.

Aber einen Triumph sollten sie nicht haben: Sie sollten nicht merken, wie sehr sie ihn verletzten. Er würde schau-gehen, als wäre nichts passiert. Er würde die Fassade aufrecht erhalten, so lange es möglich war.

18

Es ist eben ein Fehler, sinnierte Margot, dass ich nicht nachtragend bin.

Das Mindeste, was andere annahmen, war, dass sie ein schlechtes Gedächtnis besaß oder es ihr gleichgültig war. Das Schlimmste, dass - was immer man ihr antat - sie zu dumm war, es zu begreifen.

Aber es war ihr nicht gleichgültig, und sie hatte durchaus ein gutes Gedächtnis, zumindest bei entscheidenden Dingen. Sie wollte sich nur nicht ewig damit beschäftigen. Nicht wieder und wieder ihren Unmut hervorholen und aufwärmen, um dieses Gedächtnis zu beweisen. Es war unproduktiv und kostete unnötige Kraft, aus dem Sumpf des Grolls wieder zu Ausgeglichenheit zu gelangen. Sie fand es letztlich auch einfach langweilig, immer in der Vergangenheit zu wühlen, selbst mit dem Vorteil, dass man einem anderen Schuld vorhalten konnte.

Denn der Nachtrager war eindeutig im Vorteil, konnte triumphieren. Der Nicht-Nachtrager wurde entweder für dumm gehalten - oder für sinnlos tugendhaft. Eigenartig, wie knapp die beiden Eigenschaften beisammen lagen. Margot beschäftigte sich mit dieser Analyse aus aktuellem Anlass. Gestern oder vorgestern hatte eine Kollegin, die erst kurz bei ihnen arbeitete, Margot auf überaus schnippische Weise abblitzen lassen. Heute war sie gekommen und hatte Margot gebeten, die Verrechnung für sie fertigzumachen, da sie früher weggehen müsse.

Margot hatte nichts Dringendes vorgehabt und daher ohne Umstände zugesagt: Sie würde länger bleiben und die Arbeit übernehmen. Nun versuchte sie sich selbst auf die Schliche zu kommen, wie sie es manchmal mit einem hinterlistigen Lächeln tat.

War sie nun dumm oder gut?

Sie entschied nach einiger Überlegung, dass sie wohl dumm sein müsse. Denn bei Tugendhaftigkeit setzte diese unsere seltsame Kultur immer den Faktor der Überwindung voraus. Einen von sich aus guten Menschen durfte es nicht geben. Man musste sozusagen wider Willen oder wider die eigenen Interessen etwas tun, dann war man gut. Aber Margot brauchte sich dabei - zumindest bei vielem - überhaupt nicht anzustrengen. War es also nicht so, dass sie es einfach aus Bequemlichkeit tat? Vielleicht war sie nur zu faul, um nachtragend zu sein. Nur unwillig, sich die gute Laune durch Nachtragen selbst zu verderben.

Also blanker Eigennutz, keine Tugend. Aber immerhin: für die anderen angenehm und bequem. Welche Lehre würde wohl die Neue daraus ziehen? Manche Menschen zogen keine Schlussfolgerungen und lernten auch nicht aus Beispielen, da konnte man ihnen vortanzen, was man wollte.

Margot setzte sich ins Auto, kurbelte die Fenster hinunter und drehte das Radio auf laut. Die Musik flog ihr um die Ohren, wirkte betäubend und stimulierend zugleich. Es war später geworden, aber nicht so spät, dass sie Felix hätte abholen können.

Er profitierte ja am meisten davon, dass sie nicht nachtragend war. Selbst so schwerwiegende Vorfälle wie die Sache mit dem Fausthieb - sie würde sie nie vergessen, hielt das Bild und die Gefühle in diesem Fall als Warnung so lebendig wie möglich. Und doch, weil es eben ihre Art war - oder aus Faulheit? -, schmollte sie nicht und hielt ihm auch innerlich keine Schuld vor.

Seine Mutter hatte immer nur von sich ab- und anderen zugewiesen. Sogar bei Gelegenheiten, wo sich die Frage nach Schuld oder Unschuld gar nicht stellte. Sie benannte das Ding unerbittlich, mit spitzem Zeigefinger darauf hinzeigend: Hier ist Schuld, und zwar von dir. Bei allen hatte sie das so gemacht.

Der Vater, ruhig wie er war, reagierte mit Zurückziehen und wurde noch schweigsamer. Elmar antwortete mit Trotz, Widerstand, Gegensatz. Am meisten getroffen wurde der nachgiebige Felix.

Auch sie selbst, Margot, war unausweichlich in den Dunstkreis dieser Haltung gelangt. Sie erinnerte sich mit schmerzhafter Genauigkeit jeder Einzelheit. Die Mutter, souverän wie ein Flaggschiff durch ihre Küche steuernd, bewegte sich an ihr vorbei, blickte über die Schulter zurück zu allen - außer Margot.

„Wenn ihr beim Schnittlauch Gras dabei findet, ist die Margot schuld. Sie schaut nicht genau."

Dieses - oder Vergehen von ähnlicher Schwere ließen Margot rot anlaufen vor Hilflosigkeit.

Es war allerdings eine Tatsache, dass die Mutter in Margots Schnittlauchbüschel zwei Grashalme gefunden hatte, obwohl sie gar nicht mehr besonders gut sah. Und weiters war beim Abwaschen von einer Kaffeeschale der Henkel abgebrochen, und zwar ausgerechnet als Margot abwusch. Sie hatte ihn zwar geschickt wieder angeklebt, aber die Mutter merkte es und tat es der Familie sofort und ausführlich kund.

Die Vorwürfe waren also nicht unberechtigt. Doch wäre Ungerechtigkeit, gegen die man hätte auftreten können, manchmal leichter zu ertragen gewesen als dieses erbarmungslose Bloßstellen jeder Fehlleistung. Nie gab es die Gnade des Übersehens. Nie wurden Bemühungen zur Wiedergutmachung anerkannt, nie eine Ausrede oder Entschuldigung zugestanden. Es war eine weit verbreitete Verhaltensweise, dabei unverständlich, weil sie sich großteils gegen die eigenen Kinder wendete.

Vielleicht war die Erklärung einfach die, dass man gegen Kinder leicht vorgehen konnte. Unwillige, aber hilflose Opfer, wurde ihnen schon als Kleinen ein Rucksäckchen voll Schuld gepackt, das nie entlastet wurde und mit seinem über die Jahre wachsenden Inhalt mitwuchs. Felix brauchte gar keine Zuweisung von außen mehr. Er beschuldigte sich später bereits selbst.

Margot konnte das alles nicht verstehen. Sie konnte aber auch nicht verurteilen. Nicht mehr in ihrem Alter, wo sie selbst schon Mutter und Schwiegermutter war. Schließlich kamen Menschen nicht als Eltern auf die Welt, sondern waren selber viele Jahre lang kleine und kleinste Kinder, ihrem Umfeld und ihren Eltern ausgeliefert. Wer weiß, wer dem kleinen Schwiegermuttermädchen seinen Rucksack voll Schuld mitgegeben hatte, der von ihr weitergereicht wurde wie der Schwarze Peter.

Ephraim Kishon fiel ihr ein, der einmal behauptet hatte, er ginge gern zum Psychiater. Dort stelle sich immer heraus, dass die Eltern an allem Schuld seien und nicht man selbst. Das wäre sehr bequem.

Wenn man aber - wie sie - bereits zu den Eltern zählte, waren solche Behauptungen zweischneidig. Was würde einem selbst angelastet werden? Die offensichtlichen Irrtümer der eigenen Erzieher machte man kaum nach. Die ließen sich leicht vermeiden, weil man sie so gut kannte. Aber die Auswahl war unendlich. Es blieben jeder Elterngeneration genügend Möglichkeiten, neue eigene Fehler zu machen. O Gott, ohne es zu wollen! Man wurde ja - sie wollte das Wort gar nicht denken, doch fiel ihr kein anderes ein - man wurde ja offenbar bereits schuldig durch die Elternschaft an sich.

Generationen von Kindern wurden auf diese Weise niedergehalten. (Margot handelte das ganz theoretisch ab, fühlte sich natürlich in Bezug auf ihre eigenen Söhne absolut unschuldig.) Die Rache kam unweigerlich, wenn die Macht der Eltern gebrochen war. Dann wurden die nun Alten unterworfen, mussten „brav“ sein, „Disziplin“ lernen oder zumindest sich wohlgefällig verhalten.

Sonntag. Sonne. Der liebliche Marktplatz von Kindberg. Margot saß im Schatten eines Gastgartens. In einen nahe geparkten Wagen stieg eine Familie mit Kind ein um wegzufahren. Ungeduldig winkten sie einem älteren Mann, der sich noch auf dem Platz aufhielt. Er war - man konnte es erkennen - in Weltumarmungsstimmung, grüßte jeden in der hoffnungsfrohen Erwartung, wiedergegrüßt zu werden, warf jedem eine Bemerkung zu und strahlte über jedes erwiderte Wort.

„Papa! Jetzt komm schon.“ rief die junge Frau hinter der offenen Autotür hervor. Sie war ungehalten. Der Platz war besichtigt, nun wollte man weiterfahren.

Der ältere Mann hatte es gehört, zweifellos. Er wusste, dass er folgen musste. Doch seine Schritte trugen ihn nicht auf dem kürzesten Weg zum Auto, dessen Gaspedal schon ungeduldig heulte. Er wollte nochmals mit jemandem Fühlung aufnehmen, überfließend wie er war an Mitteilungsdrang und Zuwendung. Das konnte nicht so auf Befehl abgedreht werden, wollte noch einmal überschwappen, halbherzig bereits, zu jemandem, der sich wegdrehte, weil er es gar nicht bemerkte oder es ihn nicht interessierte, so dass der Mann schließlich doch den Körper herumwarf und den Wagen mit seinen bereits ungehaltenen Insaßen ansteuerte. Er stieg ein, während sein Gesicht einen neutralen Ausdruck annahm, der einen kaum sichtbaren Hauch von Enttäuschung oder Wehmut trug, und der Wagen fuhr mit etwas zu viel Gas etwas zu forciert davon.

Diese eine schlingernde Bewegung seines Körpers, dieses Einbremsen, Abtun seiner Wünsche war für Margot schmerzhaft mitzuerleben. Erschütternd wegen seines sehnsüchtigen Begehrens und wegen seiner - wie kam er eigentlich dazu? - Fremdbestimmung. Hund - schoss ihr durch den Kopf. Ein peinlicher, Menschen unwürdiger Vergleich, doch das Bild ließ sich einfach nicht verdrängen. Es war wie bei einem Hund, der, abgerichtet, sich entgegen seinen eigenen Gefühlen entschloss, seinem Herrn zu folgen.

„Er folgt nicht, wenn ich ihm etwas sage!“ klagte auch ihre Freundin Ingeborg über den Schwiegervater, und das war noch milde gegenüber dem, was Margot an Verhalten von Töchtern gegenüber ihren alten Müttern erlebte und erlebt hatte. Und alles ganz wohlgemeint, wie einst von den Eltern.

Das war die Vergeltung der Kinder, deren Kinder sich wieder an ihnen rächen würden, Blut am eigenen Blute. Und kein Ende in Sicht, obwohl es doch irgendeine Lösung geben müsste. Musste!

Es war ihr gar nicht recht bewusst, dass sie schon wieder an der Schnur der Wohnzimmerjalousie fingerte, um sie hochzuziehen und besser hinaussehen zu können. Was noch vom Tage überfloss, versank in breiiger Dämmerung. Die abendliche Wanderbewegung von links, der U-Bahn, nach rechts zu den Wohnstätten hatte ihren Höhepunkt bereits überschritten, doch waren im Zwielicht der gerade aufflammenden Straßenlampen noch genug Menschen unterwegs. Keiner hatte annähernd die Figur, die Kleidung von Felix. Sie hätte ihn auch ohne jede Brille aus allen heraus erkannt.

Sie war nach der Arbeit in der Fußgängerzone gewesen. Eine Tasche war von der Reparatur abzuholen. Margot nahm sich Zeit für den Weg, sie kam so selten hierher, dass sie es gleich auskosten wollte. Die luxuriösen Geschäfte, die eleganten Flaneurs, die noblen Cafés... Unglaublich auch, wie viele Leute am frühen Nachmittag hier unterwegs waren.

Sie ließ sich, die Blicke halb in den Schaufenstern, von den Menschen umströmen, ohne ihnen besondere Aufmerksamkeit zu schenken. Plötzlich fühlte sie den Drang, in eine bestimmte Richtung zu schauen. Wie elektrisiert erkannte sie zwischen unzähligen fremden Schultern die Schulterlinie, den Kopf von Felix.

Margot erstarrte, innen in höchstem Aufruhr.

Ja, dort ging Felix, langsam, denn schnelle Fortbewegung war hier nicht möglich, mitten am Nachmittag. Den Mantel hatte er offen, nun sah sie es, die Hände offensichtlich in den Taschen. Sein Gesicht war verschlossen, müde, das hieß ohne jede lebendige Neugier, die Schulterlinie ein wenig gebeugt. Gerade um dieses Wenige gebeugt, dass Margot die Tränen in die Augen stiegen. Dort, unter den unzähligen Menschen, den vielen Männern, ging ein Mann - der Mann - , der zu ihr gehörte. Sie war so bewegt, dass sie mehrmals schlucken musste. Lächerlich, nur weil sie unverhofft auf ihren Mann traf! Und doch...

Sie begann sich in seine Richtung durchzuarbeiten. Da drehte er sich wie suchend um, und ihre Augen begegneten einander.

„Ja Engelchen! So was! Was machst denn du da!?"

Zwischen Lächeln und Schluchzen umarmte sie ihn so fest, dass er stöhnte. Er blühte sichtlich auf. Die Schultern strafften sich, die Augen lebten wieder. Er erzählte, dass er eine Druckabstimmung hatte übernehmen müssen und nun durch die Stadt zurückging anstatt außen rundherum zu fahren. Leider war keine Zeit, sie auf einen Kaffee einzuladen, der Weg hatte länger gedauert, als er sich arbeitsmäßig leisten konnte.

Das machte alles nichts. Sie war glücklich, ihn so überraschend getroffen zu haben. Felix war wie neu belebt. Sie umarmten und küssten sich, ohne das wohlwollende Schmunzeln der Ausweichenden zu bemerken. Federnden Schrittes tauchte Felix in die Menge. Noch lang sah sie - zurückblickend - über den Köpfen seine winkende Hand.

Ihn zu entdecken, unverhofft, ihn zu erkennen - war ein Augenblick wie ein Geschenk. Glück. Aber Glück war selten. Merklich gedämpft ließ sie die Jalousie wieder zurückgleiten.

Sie begann ihre Sachen und die Kleidung für den nächsten Tag zu richten. Zur Abwechslung wollte sie morgen Jeans und den mattroten Chenillepullover tragen. Es machte ihr Spaß, sich jeden Tag anders anzuziehen, einmal elegant, dann wieder sportlich... Selbst wenn sie nur drei Kleidungsstücke gehabt hätte, hätte sie jeden Tag gewechselt. Aber alles musste sie abends herrichten, in der Früh schaffte sie es einfach nicht. Auch trug sie immer viele Dinge mit sich herum, was Felix zu der Bemerkung veranlasst hatte, sie würde täglich auswandern. Tatsächlich war es Margot wichtig, für jede Gelegenheit gerüstet zu sein - was nicht nur eine gewaltige Handtasche, sondern zusätzlich noch einen geräumigen Papiertragesack erforderte. Da war einmal das, was sie sich zu essen mitnahm. Dann ein Buch, falls sie überraschend mit der Straßenbahn heimfahren sollte. Dann etwas Korrespondenz, falls sich geschäftlich eine Lücke ergäbe, da könnte sie sie vielleicht zwischendurch erledigen. Außerdem Fotos, die wollte sie einem Kollegen zeigen. Der Schirm, der zur Reparatur musste, und so weiter und so fort, täglich wechselnd. Es machte ihr nichts aus, sie war Tragen gewöhnt. Was hatte sie erst geschleppt, als die Kinder noch klein waren!

Auch Felix' Kleidung für den nächsten Tag bereitete sie vor. Es war schon spät, und er würde nicht mehr viel machen. Unwillig nahm sie die kleinen Hausarbeiten in Angriff, die an sich Felix' Sache waren. Freilich machte sie entschieden mehr im gemeinsamen Haushalt, sie war ja auch früher zu Hause. Doch hatten sich auch für Felix eine Anzahl von Pflichten eingespielt, wobei „Pflicht“ das falsche Wort war, denn es signalisierte „verläßlich, unter allen Umständen“, und das war bei Felix nicht erhältlich. Ihn konnte man nicht zwingen und festlegen, er ließ sich nicht disziplinieren. Bei ihm konnte man bestenfalls von „Aufgaben“ sprechen, die er nach Lust und Laune erledigte. Bei Lust machte er in kürzester Zeit sehr viel, brachte mehr weiter als Margot. Wenn er aber keine Laune hatte oder einfach nicht nach Hause kam, blieb wieder alles an ihr hängen, und das ärgerte sie. Verschiedenes ließ sich eben nicht auf morgen verschieben. Vor allem nicht ewig.

Es war bemerkenswert, wie ihre Stimmung im Fortschreiten des Abends sank. Sie dachte sich dafür eine Scherzformel aus: „Unbehagen wächst im Quadrat zur Verspätung“. Dann versuchte sie wieder alles wegzudrängen, redete sich ein, Felix hätte das

Recht, mit Freunden wegzugehen. Nicht immer war es ihm möglich, sie davon zu verständigen. Alle Überredungskünste bot sie auf, einschmeichelnd und anschmiegsam wie rehlederne Damenhandschuhe. Dass sie nicht überzeugten, zeigte die Tatsache, dass sie schon dreimal auf die Toilette gerannt war. Dabei war nichts mehr vorhanden, was der Körper noch hätte hergeben können. Sinnlose Umwege führten sie immer wie zufällig beim Fenster vorbei, wo sie die Jalousie so gekippt hatte, dass man beim Vorbeigehen zumindest auf einen Teil der Straße hinuntersehen konnte. Damit machte sie sich weis, dass sie ja gar nicht ständig die Blende hochzog, um hinauszuspähen.

Sie ließ zwanzig Beruhigungstropfen in ein Gläschen fallen und schluckte sie mit etwas Wasser. Sie halfen wirklich ein wenig, blieben aber doch Symptombekämpfung. Selbst wenn sie das ganze Fläschchen austrank, würde es am Grundübel nichts ändern.

Felix war durch seine Lebensgeschichte schon ein angeschlagener Mensch, und nun auch noch die Schwierigkeiten in der Agentur. Die waren im Moment das Hauptproblem. Dass er ausgegrenzt wurde und nichts dagegen tun konnte, machte ihn hilflos, wütend, krank, lieferten ihn der Dunkelheit aus. Margot hatte es dieser Tage einmal Ingeborg zu erklären versucht.

„Mm... Aber - wenn er so sehr darunter leidet, dass davon er krank wird, dann muss er von der Firma weggehen! Er kann sich doch nicht kaputt machen lassen“, sagte sie.

Andere wissen immer, wie es geht.

Wohin sollte er gehen?

Zu einer anderen Agentur? Zu alt. - In Pension? Zu jung. - In Krankenstand wegen fortgesetzter Kränkung? Wie lange denn, und machte ihn das gesund? - In Arbeitslosenunterstützung für den Rest seines Erwerbslebens? Gab ihm das seine Selbstachtung zurück?

Sein Kollege Jochen hatte die Agentur verlassen. Es gab eben

Leute, die sich ihre Menschenwürde nicht durch einen Dienstvertrag abkaufen ließen, sondern die gingen, egal, ob sie eine andere Arbeit hatten oder nicht. Wovon würde Jochen leben, und: Wer wusste schon, was richtig war? Margot selbst hatte lange mit einem Holländer zusammengearbeitet, der bei jeder Gelegenheit seine heimatlichen Sprichworte ins Deutsche übersetzte. Natürlich konnte sie sofort das passende zitieren:

„Man wirft seine alten Holzpantinen nicht weg, bevor nicht zwei neue vor der Tür stehen."

Wie immer es auch weiterging - sie sinnierte zwischen den Blättern der Fensterpflanzen auf die menschenleere Straße hinaus - in absehbarer Zeit war es auf alle Fälle mit diesem Lebensabschnitt vorbei, ob „mit Erreichen des Pensionsantrittsalters", wie es im Politikerdeutsch hieß, oder durch vorzeitiges Ausscheiden. Allen Widrigkeiten zum Trotz gab die Arbeit aber doch Lebenssinn, Aufgabe und nicht zuletzt Gemeinschaft. Dagegen jetzt - sie erlebte diese Zeit als eine Lebensphase des Auseinanderfallens, des Zerbröckelns, des Auflösens vertrauter Strukturen.

Man hatte schon mehr als genug erlebt, Materialmüdigkeit machte sich breit. Und nun kam in Kürze noch die letzte große Wende, der Zusammenbruch: Der Verlust der Arbeit, die einem Halt gegeben hatte.

19

Margot war schon abgeschminkt und im Schlafrock, als sie den Schlüssel sperren hörte.

Herzrasen setzte ein.

Es dauerte nicht lange, und sie hatte seinen Unwillen erregt. Der Anlass war so banal oder geringfügig, dass keiner von ihnen sich eine Minute später nur irgendwie daran erinnert hätte. Er war auch gleichgültig, weil er nur dazu diente, den aufgestauten Druck freizusetzen. Auch sie war gleichgültig. Es ging nicht um sie persönlich, wenn er sie lauthals irgendwelcher Taten oder Unterlassungen bezichtigte, sie war bloß das Ventil. Er hätte sich ein anderes gesucht, wäre sie nicht gewesen. Aber sie war.

Nie hätte sie sich das in den ersten Jahren ihres Zusammenseins vorstellen können, aber nun war es so. Die ganzen Auftritte, das Beschuldigen hätte sie ohne weiteres ertragen. Zu viel wusste sie von ihm, was für sein Verhalten eine Erklärung gab. Doch manchmal waren seine Explosionen nicht nur Wortgewitter, sondern von Gewalt begleitet. Er, den die gemeinsamen Freunde übereinstimmend als menschenliebend, spaßig, ausgleichend, freundlich beschrieben hätten, Elmar vielleicht ausgenommen, der über Felix' Vielschichtigkeit Bescheid wusste.

Es war kein Wunder, dass die Freunde dieses Bild von ihm hatten. Er zeigte sich ihnen nur, wenn er in guter Stimmung war. Dann war er glattpoliert wie ein Raubtier im Zirkus, das dem Dompteur gnädig den Triumph gönnte, es für dressiert zu halten. Das seine Kunststücke zeigte aus freien Stücken, um seine Lernfähigkeit zu beweisen oder aus Spaß am Spiel. Doch innerlich blieb es immer unberechenbar, manchmal gefährlich. Niemals zu zähmen, selbst wenn es lange Zeit aus der Hand fraß.

Sie fürchtete seine Ausbrüche so sehr, dass sie schon vorher von einer Unzahl körperlicher Beschwerden befallen wurde. Immer wieder versuchte sie sich zu beruhigen. Es fiel ihr auch gleich wieder etwas dazu ein, und sie hasste sich dafür, konnte es aber nicht verhindern. Diesmal war es kein Spruch, sondern der Witz von dem abstürzenden Hochhaus-Fensterputzer, der - gerade am vierundzwanzigsten Stockwerk vorbei in die Tiefe sausend - sich beruhigte: „Bis jetzt ist noch alles gut gegangen."

Die Situation passte haarscharf auf ihre Ehe. Sie teilte mit dem Fensterputzer das positive Denken, hoch gelobt als Lösung für alle Probleme, und den Optimismus, den dieser Witz so grausam ad absurdum führte. Ausweglosigkeit wollte sie nicht zulassen, ein schlechtes Ende nie und nimmer dulden. Deshalb musste verhindert werden, dass etwas passierte. Es durfte einfach nichts passieren, selbst wenn er sie noch so anstarrte - die Augen voll gläserner Härte, die sie fürchtete - und anschrie:

„Was schaust du denn so? Wieso schaust du so? Da kannst du schauen, wie du willst, ich brauche dich nicht, verschwinde!"

Die Wohnzimmertür knallte hinter ihm zu, sie blieb im Vorzimmer zurück, den leeren Körper angefüllt mit den harten Schlägen ihres Herzens, die noch ihr Unterkiefer vibrieren ließen.

Ja, vielleicht war das das Beste. Vielleicht war es am besten, zu verschwinden. Sie musste ihn daran hindern, einen Fehler zu machen, musste sich in Sicherheit bringen.

Schnell schnell, bevor er, was in seinem Zorn oft blitzartig geschah, zurückkam und sich zwischen sie und die Tür schob, die ihre einzige Hoffnung war. Wenn er sie bei der Flucht entdeckte, wären die Folgen verheerend. Es war reines Glück, dass sie die Sachen für den morgigen Tag bereits vollständig im Vorzimmer hergerichtet hatte. Sie stopfte die Jeans und den Pullover in den großen Papiersack dazu, zog den Mantel über den Schlafrock, ohne ihn zu schließen, und schlüpfte in die nächstbesten Schuhe. Das größte Problem war, die Wohnungstür von außen zuzumachen, denn das war mit Geräusch verbunden, und sie konnte es nicht beurteilen, die Ohren fast taub vom zersprengenden Pochen ihres Herzens. Sie stürzte die Stiegen hinunter so schnell sie konnte und rannte, rannte.

Der Parkplatz des Autos, zwei Häuser weiter, verbarg seine nützliche Hässlichkeit hinter einem breiten Streifen Rasen und Buschwerk. Margot ließ sich der Länge nach auf das Gras fallen samt allem, was sie in Händen hielt. Das Gras war ungemäht, üppig und weich. Margot grub ihr Gesicht hinein, die Halme fühlten sich kühl an. In ihrem Kopf tobte es. Sie sah sich selbst in der Nacht - gottseidank, so war die Straße wenigstens menschenleer - mit wehendem Schlafrock und Mantel davonhetzen, sich duckend unter den eigenen Wohnungsfenstern aus Angst, entdeckt zu werden.

Es war alles so unglaublich, so unwürdig, wahrscheinlich war es gar nicht wahr. Es entbehrte auch jeder Romantik, die dem Streit von Liebenden anhaftete. Sie war eine Frau im Jahr ihrer angehenden Pensionierung, und ihr Mann ging gegen die Sechzig. Genau die Leute, von denen sie früher geglaubt hatte: Die sind schon abgeklärt, keine Turbulenzen mehr, nur mehr inniges Verständnis. Hier lag sie im Gras, geknebelt von Schreien, die die Kehle nie verlassen hatten.

Schwer atmend richtete sie sich wieder auf. Da konnte sie nicht bleiben, es war der erste Platz, wo Felix nachsehen würde. Wohin sollte sie auch laufen in ihrer Unterwäsche als zum Auto? Sie knöpfte den Mantel zu und startete den Wagen. Wohin sollte sie fahren? Wo konnte sie übernachten?

Sie hatte ja Familie. Da war schließlich Doris. Sie stellte sich vor, wie ihr Schwager verschlafen aus dem Fenster blickte, wenn sie läutete, dazu die verständnislose Schwester, die verstörte alte Mutter. Sie würde erklären müssen, und dazu musste sie zu weit ausholen, die Nacht war nicht lang genug. Sie fühlte sich auch zu müde, wollte nicht reden, sondern nur irgendwo unterkriechen, ja kriechen war der richtige Ausdruck, und für kurze Zeit vergessen.

Nein, Doris musste sie streichen. Dazu kam, dass über kurz oder lang Manfred und Matti davon erfahren würden. Es war ganz klar, dass in der Familie darüber gesprochen würde. Deswegen wollte Margot auch nicht bei den Kindern auftauchen. Den Söhnen wollte sie das Bild elterlicher Harmonie erhalten, und vor den Schwiegertöchtern schämte sie sich, dass sie in dieser Ehe blieb. Keine von den Jungen würde das tun. Sie konnte es im Büro, in der U-Bahn tagtäglich hören. Die jungen Frauen - nicht die Männer - warfen bei der kleinsten Kleinigkeit alles hin und brüsteten sich noch damit. Sie fanden es schick, Single oder Alleinerzieherin zu sein, während Margot ein Fossil war, das skandalöser Weise bei ihrem Mann ausharrte. Ein peinliches persönliches Versagen.

Doch blieb sie ja nicht, weil sie ein so dummer oder so tugendhafter Mensch war - sie versuchte ihre Gründe wieder schonungslos zu analysieren. Er brachte in ihre Beziehung so viel Wertvolles ein, dass eine Bilanz noch immer zu seinen Gunsten ausging. Vielleicht war sie doch mitschuldig. Sie klagte sich deswegen an, bezeichnete sich als verlogen, fand, dass sie sich umso mehr in Schwierigkeiten verstrickte, je mehr sie diese zu verschweigen suchte. Wusste nicht mehr aus noch ein.

Elmar. Sie würde zu Elmar fahren, dem müsste sie wenigstens nichts erklären. Was Felix betraf, lasen sie einander aus den Augen. Da war seine tiefe Verbundenheit aus den Kindertagen, und obwohl Elmar der Jüngere war, fühlte er sich für Felix verantwortlich. Früher hatte er sogar gemeint, für den Älteren eine Beschützerfunktion zu haben, aber die war durch die langjährige Ehe großteils auf Margot übergegangen.

Doch wo, wie, sollte er helfen? An den tiefen Verwachsungen lange zurückliegender Wunden konnte kein Mensch mehr etwas ändern, noch an den Schwierigkeiten, die Felix nun von außen aufgezwungen wurden. Jede Hilfe blieb immer nur Situationskosmetik. Also warum Elmar behelligen, es war schließlich nicht angenehm, in der Nacht von Besuch überfallen zu werden.

Wenn sie nur irgendwo eine kleine Pension wüsste! Sie hatte zwar etwas Geld mit, das würde auch für ein Hotel reichen, doch kannte sie - vom Vorüberfahren - nur die großen Hotels, wo sie im Schlafrock mit übergezogenem Mantel garantiert nicht auftauchen würde. Angestrengt zwinkernd starrte sie durch die Windschutzscheibe auf den unter der Motorhaube wegziehenden gelben Fahrbahnteiler. Ihre trockenen Augen glühten.

Das Seminar für „Augentraining und besseres Sehen" befand sich im ersten Stock der Volkshochschule. Die Sessel standen im Kreis in einem Saal, Felix und Margot suchten sich unter den anderen Teilnehmern einen Platz. Leider waren ihre Augen nicht so gut, wie sie es gewünscht hätten, und mit Brillen allein war nicht alles zu korrigieren. Als Margot daher den viel versprechenden Titel im Programm der Volkshochschule las, fühlte sie sich angesprochen. Sogar Felix, der nicht leicht in Bewegung zu setzen war, konnte sich dafür erwärmen. Es war ein Wochenendseminar, dann war man fertig. Margot lockte ihn auch damit, denn für Langzeitprogramme brachte er einfach nicht die Geduld auf.

Die Seminarleiterin war eine Psychologin polnischer Abstammung. Sie ließ die Teilnehmer den Sehvorgang neu entdecken. Vieles basierte auf den Lehren von William Bates, wie Margot später nachlesen konnte.

In den Pausen scharte man sich um den Kaffeeautomaten.

„Ach wissen Sie", sagte Margot zur Leiterin, „es ist ja nicht nur die Sehschärfe allein. Ich habe zum Beispiel wirklich ein Problem mit meinen trockenen Augen. Sie fühlen sich so heiß und brennend an."

Die Kursleiterin stellte ihren leeren Kaffeebecher bedächtig zur Seite: „Vielleicht weinen Sie zu wenig?"

„Neinein, ich glaube, das ist vererbt", zögerte Margot. „Schon mein Vater war immer so ausgetrocknet. Und stellen Sie sich vor, mein Sohn klagt auch schon darüber!"

„Es kann durchaus in der Familie liegen." stimmte die Frau zu. „Nämlich - vielleicht hat schon Ihr Vater zu wenig geweint. Und Ihr Sohn übernimmt diese Lebenshaltung nun von Ihnen." Sie lächelte aufmunternd. „Denken Sie mal nach drüber..."

Sie müsste mehr Tränen zulassen, sich richtig ausweinen bis zur völligen Leere, nicht immer dieser Optimismus bis zur Lächerlichkeit. Erst wenn man völlig leer war, war man wieder aufnahmefähig.

Abgelenkt durch ihre Gedanken hatte sie automatisch ihren täglichen Weg zur Kanzlei eingeschlagen.

Um diese Stunde war es kein Problem, einen Parkplatz sogar vor dem Haustor zu finden. Sie kramte die Schlüssel heraus und blickte sich um, ob ein verspäteter Hundeführer oder Nachtschwärmer sie in ihrer ungewöhnlichen Aufmachung bemerken würde. Niemand war unterwegs. Sie drückte auf das Minutenlicht. Das Haus war ruhig, und das Summen des Aufzugs, der Margot in den dritten Stock führte, hörte sich beinahe gespenstisch an. Ein schlafendes Bürohaus in der Nacht - still und doch mit seinen kleinen Geräuschen. Lüftungen, die sich einschalteten, Heizungen, die knackten, Holz, das sich dehnte oder zusammenzog. Alles umso deutlicher hörbar, sobald der Lift stillstand. Hoffentlich war das Haus wirklich menschenleer, dachte sie. Doch - lächerlich war das, wenn man es damit verglich, worüber sie tatsächlich nachdenken sollte in ihrem Leben. Wieder beobachtete sie sich dabei, wie sie Dinge wichtig nahm, die mit der objektiven Wertigkeit in ihrem Leben überaus wenig zu tun hatten. Es war ein angstvolles Verdrängen des Ungeheuren, Ungeheuerlichen, dem sie nicht gewachsen war. Eine Flucht in überschaubare Probleme, bei denen sie sich nicht so hilflos fühlte.

Sie sperrte die Eingangstür ihrer Firma auf und gleich hinter sich wieder zu, lauschte, die Hand am Lichtschalter, in die Dunkelheit hinein. Alles war still.

Das war gut. Sie drehte die gesamten Lichter an und kontrollierte alle Räume so gründlich wie möglich. Sie fürchtete sich, warum leugnen? Natürlich konnte sie nicht hinter jedes Möbelstück und hinter jede Schachtel schauen, aber einmal wollte sie durchgegangen sein. Dann war sie hier in Sicherheit bis morgen. Dieser Gedanke nahm ihr die Anspannung, die sie aufrecht gehalten hatte. Sie sackte förmlich zusammen vor Müdigkeit. Gesichtszüge und Körperhaltung wiesen abwärts, Jahre machten sich bemerkbar.

Nur noch zwei Dinge wollte sie tun: sich für den Morgen herrichten und den Schlüssel anstecken. Wenn er in der Tür steckte, könnte die Bedienerin in der Früh nicht aufsperren und würde läuten. Margot könnte ihr dann in aller Ruhe öffnen und erklären, dass sie wegen der vielen Arbeit bereits anwesend sei.

Sie zog die mitgebrachten Jeans und Pullover an und verstaute ihren Schlafrock in der Tragtasche. Oder nein, sie würde ihn besser zum Zudecken nehmen. In dem kleinen Empfangsraum rechts neben dem Eingang gab es eine Sitzgarnitur. Dort würde sie zu schlafen versuchen. Sie stellte ihre Taschen neben ihren Schreibtisch wie jeden Tag und hängte den Mantel im Vorraum an den Haken. Da schrillte mitten in die Stille hinein ein Telefon.

Es war ihr Apparat, der im vorgegebenen Rhythmus die Stille in Scheiben schnitt. Eine Kreissäge. Sie starrte das Gerät erschreckt an, ihr Herz raste. Nicht abheben bedeutete Lärmterror und quälende Überlegungen über den Urheber. Abheben zeigte, dass jemand hier war, dass sie hier war - um diese Zeit.

Wenn es aber Felix war? Tausende Gedanken bestürmten sie gleichzeitig. Felix hatte ein Recht. Sie gehörten schließlich zusammen. Schon streckte sich, fast wie von selbst, ihre Hand nach dem Hörer. Sie hatte eine solche namenlose Sehnsucht nach ihm, wollte sich zu ihm flüchten vor all diesen Vorkommnissen, bei ihm Schutz suchen vor ihm selbst, sich bei ihm ausweinen. Schließlich hatte sie sonst niemanden. Es war total verrückt: Ihr Bedroher und ihr Beschützer waren ein und derselbe.

„Ja?"

Es war Felix. Erleichterung. Seine Stimme war gedämpft, mit einem Anflug von Schüchternheit.

„Bist du gut angekommen? - Gottseidank - Ich hab mir gedacht, ich probier's erst einmal da, vielleicht bist du in die Kanzlei gefahren. Kannst du dich da irgendwo hinlegen? - Gut, tu's gleich, es ist schon sehr spät. Gute Nacht, Engelchen..."

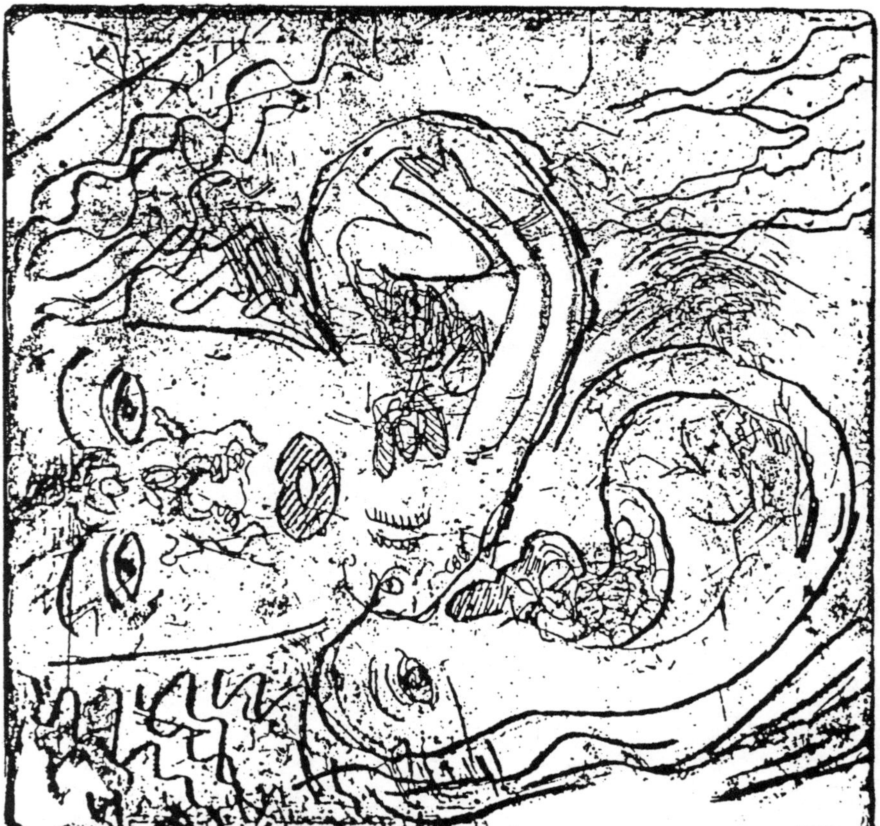

20

Die beste Nachricht der folgenden Tage war zweifellos, dass nun Matti und Inge Nachwuchs erwarteten. Sie waren eben alle im entsprechenden Alter.

Felix war überströmender Stimmung. Gleichzeitig machten ihm seine Gefühle Angst, und er versuchte sie zu unterdrücken. Vielleicht würde ihm DER da oben wieder einen Strich durch die Rechnung machen. Je mehr ihm an etwas lag, umso lieber. Er hatte eben keinen Anspruch auf Freude, dazu machte er zu viele Fehler.

Trotzdem. Vielleicht wurde - durch reinen Zufall - sein bisschen Glück einmal übersehen und daher nicht sofort zerstört. Das durfte er doch wenigstens hoffen.

Die Neuigkeit beschäftigte ihn sehr und verstärkte sein und Margots Interesse an Kindern, das über die Jahre zu wohlwollender Gleichgültigkeit abgesunken war. Sie ertappten sich dabei, neugierige Blicke in fremde Kinderwagen zu werfen und die dazugehörigen Eltern anzulächeln. Es war ein wiederentdecktes Erlebnis, diese kleinen Menschen zu sehen mit ihren unkontrollierten Bewegungen und gedunsenen Gesichtchen, die Augen zu einem Strich zusammengedrückt. Was dabei am meisten zu Herzen ging, war ihre Schutzlosigkeit, ihr völliges Ausgeliefert-Sein an diese Welt.

Felix' Gedanken schweiften - wann immer die Arbeit es erlaubte - wieder mehr in seine eigene Kindheit zurück, den Lebensabschnitt, dem er am intensivsten verbunden war. Tausende Einzelheiten aus dieser Zeit waren in ihm wach und sicher lebendiger als das, was ihm vor fünf oder zehn Jahren widerfahren war.

Gerüche waren da - wie wenn die ersten Regentropfen im heißen Staub einer Landstraße zerplatzten, dunkle kreisförmige

Flecken hinterlassend. Dieser Geruch, bis sich die einzelnen Flecken zu einer durchgehenden dunklen Nässedecke geschlossen hatten und er vom - wieder anderen - Geruch des Regens weggeschwemmt wurde - - So roch der Sommer, rochen unvergessliche Ferien bei der Großmutter auf dem Lande.

Oder Gefühle. Die Erregung und Neugierde, die ihn erfasste, als ihm - noch nicht einmal in der Volksschule - der üppige Ausschnitt von Mutters Besucherin bewusst wurde. Sie beugte sich zu ihm herunter:

„Gott, ist der Kleine liiieb!", und sein gesamtes Blickfeld, so weit sein Auge reichte, bestand aus Busen, gerahmt von der Litze eines völkischen Dirndls. Die Besucherin richtete sich wieder auf, zupfte an derselben und meinte schelmisch zur Mutter:

„Mir scheint gar, er schaut schon auf Frauen..."

Die Mutter war peinlich berührt, versteckte Felix hinter der Schürze und versuchte sich in einem süßsauren Lächeln.

Oder Gedanken - die sich oft um den Tod drehten.

Die Eltern hatten eine Bestattungsversicherung abgeschlossen, wie es allgemein üblich war. Diese Versicherung, verniedlichend „Sterbeverein" genannt, wurde einmal monatlich vom Kassier eingehoben. Der würdig gekleidete Herr setzte sich dazu an den Küchentisch, welcher zu diesem Zweck freigeräumt worden war. Daneben die Mutter, an der Geldbörse nestelnd. Der Vater saß dabei und blickte prüfend auf die Büchlein, in die der Mann schlecht haftende Papiermarken klebte.

Felix stand, an die Hüfte der Mutter gelehnt, in sicherer Deckung und beobachtete mit leicht gesenktem Kopf das ernsthafte, umständliche Gehabe.

Das ist der Mann, der einem sagt, wann man stirbt, dachte er.

Ja sein außerordentliches Gedächtnis oder vielmehr seine instinktmäßige Vertrautheit mit dieser frühesten Lebensphase brachte noch viel Tieferes zutage. Da waren Ausschnitte, nicht durchgehendes Erinnern, aber einzelne Bilder, in denen er ganz genau sich selbst im Kinderwagen wiedererlebte.

Er befand sich in Kniehöhe der Erwachsenen, die ihre turmhohen, perspektivisch verzerrten Gestalten zu ihm herunter beugten, ihre riesigen Gesichter vor ihn hinhaltend. Er betrachtete sie aus dem Rechteck des Kinderwagens heraus, in dem er mit diffusem Wohlgefühl lag.

Einen Schnuller verweigerte er. Der schmeckte nach Gummi, kein Vergleich mit der Brust seiner Mutter, die roch und schmeckte angenehm nach Nahrung.

Für zwischendurch bevorzugte er den Zipfel seines Polsters. Er bot zwar keine Nahrung, das war ihm sehr bald klar, aber er schmeckte wenigstens nach ihm selbst und verlieh eine gewisse Beruhigung. So war Felix ganz zufrieden. Der einzige Nachteil war, dass er sich weder rühren noch verständlich machen konnte, denn er begriff durchaus, was gesprochen wurde.

Das mit der Verständigung traf ihn härter als die eingeschränkte Beweglichkeit, denn im Grunde fühlte er sich wohl in seinem engen Gefährt, das er erst viel später auf alten Fotos kennenlernte: ein tiefer Korbkinderwagen mit kleinen Rädern und geschwungenem Eisengriff, alles elfenbeinfarben lackiert. Aber dass sein Eingehen auf die Gespräche, auf die in erhöhtem Tonfall an ihn gerichteten überaus läppischen Fragen, einfach nur belächelt wurde, ärgerte ihn. Besonders ab seinem vierten Lebensmonat, wo er sich mehr mit seiner Umwelt zu beschäftigen begann.

Doch er lernte es hinnehmen, weil er sah, dass die Erwachsenen nicht anders konnten. Später, als er selber zu sprechen begann, vergaß er diese Vorfälle mehr und mehr.

Die Jahre der Kindheit - sie waren überreich an Tagen und Wochen. Zeit war im Überfluss. Es dauerte Ewigkeiten von Geburtstag bis Geburtstag, weshalb man stolz war, wenn beim Alter ein Jahr dazugezählt werden konnte. Und Weihnachten wurde es wirklich nur alle Heiligen Zeiten einmal, von einem zum anderen Mal kaum zu erwarten.

Und dann, wenn man älter war, die Erfahrung: Alles ging langsamer, nur der Lebens-Lauf lief immer schneller. Die Perspektiven änderten sich, und sie würden sich weiter ändern. Das Jahr zerrann unter den Fingern. Schon war wieder Oktober, der Himmel hellblau und weit, so weit wie nie sonst im Jahr.

Vielleicht lag es daran, dass man nun mehr von ihm sah. Die riesigen Zitterpappeln entlang der Alten Donau, wo Felix und Margot und vor ihnen Matti mit Inge spazieren gingen, verloren täglich mehr von ihren kleinen, herbstgoldenen Blättern. Wenn man in ihre Kronen blickte, die ohne Ehrfurcht in den Himmel griffen, konnte man leicht schwindlig werden, überhaupt, wenn man dabei weiterging. Und währenddessen schwebten die kleinen Blätter herab wie Sterntaler, fielen auf die Spaziergänger und auf das Wasser, durch das ein Schwan keilförmig seine Spur zog.

„Schaut, Wildgänse!“, sagte Inge und zeigte in den Himmel.

Punkte in unverwechselbarer Formation, keilförmig auch sie. Der Zug der Wildgänse und das Blau des Oktoberhimmels - es gab nichts, was mehr Sehnsucht auslöste.

„Was für ein Himmel! Bitte schaut euch diesen Himmel an!“

Unmittelbar über dem Horizont lagerten ein paar flache Wolken, die in rosigem Gold strahlten. Als der Feuerball, immer dunkler glühend, hinter ihnen versank, wurden sie bleigrau und schwer, ihr Saum von einer goldenen Corona bekränzt. Dann, von einer Sekunde auf die andere, erlosch die Corona, und das Wasser des Sees wurde dunkel. Nur noch in einzelnen Wolkenspalten sah man Feuer glimmen, dann verlosch auch dieses.

Je länger Felix das Schaupiel betrachtete, während sich das noch helle Licht in seinen Nuancen ständig veränderte, umso mehr faszinierte es ihn. Schmerzvoll klammerte er sich daran. In wenigen Tagen würde die Sommerzeit zu Ende gehen, das bedeutete den Einbruch der Finsternis, da konnte man noch so viel herumargumentieren. Er litt unter Finsternis. Im Dunkel war man allein, und er - von allen - wusste, wie das war. Er brauchte Licht, Sonne. Licht bedeutete Überleben.

Er versuchte es einzusaugen, festzuhalten, auf Vorrat sozusagen. Er wollte sich das Licht malen, groß, strahlend und hell. Ein Bild voll Licht, eine Mappe voll, eine ganze Galerie voll Licht, damit wollte er sich umgeben, dann würde er besser über den Winter kommen.

Geistesabwesend beteiligte er sich an den Plaudereien der Familie, war innerlich mit dieser Idee beschäftigt. Ewig hatte er schon nichts privat gemacht. Es war auch wenig schöpferische Kraft übergeblieben, weil er seine ganze Kreativität und Konzentration in den Job investierte. Er liebte diese prickelnde Atmosphäre, diese geistige Frischhaltegymnastik des Einfälle-Suchens allein und zusammen mit den Kollegen. Es war wie ein Rausch - gewesen, denn nun hatte man ihn von der Theke gedrängt mit den Ellbogen, er war abgeschoben in die zweite Reihe oder dritte, während die anderen vorne gesellig scherzten und mit ihren Ideen spielten, ohne ihn mitmachen zu lassen. Felix stand da, alleingelassen, voll mit ungeborenen Einfällen, die nur darauf warteten abgerufen zu werden. Er musste etwas tun. Vielleicht sollte er sie für sich selbst nützen, darüber musste er sich klar werden. An der Idee mit dem Licht war möglicher Weise etwas dran, an dem er arbeiten konnte. Er war ja noch einer von denen, die Zeichnen und Malen gelernt hatten, bevor er auf Computergrafik umgestiegen war. Die, die heute frisch in eine Agentur kamen, waren zumeist schon reine Techniker.

Zu Hause kramte er seine Sachen durch, sichtete, was sich an Zeichen- und Malutensilien noch in den Ecken seiner Laden fand.

Viel war es nicht. Etliche Farbstifte, übriggeblieben von der Schulzeit der Söhne. Ein paar Ölkreiden, ein verkleckster Aquarellkasten und eine kleine Schachtel mit verdrückten Temperatuben. Erregung erfasste ihn, als er nach passendem Papier suchte. Die Faszination des Gestaltens war ungebrochen, wenn sie auch Jahrzehnte lang fremden Vorgaben und wirtschaftlichen Zwängen untergeordnet war. Nun war er frei, unabhängig - und aufgeregt.

Mit den Farbstiften konnte er sich nicht anfreunden, die waren hart, widerspenstig, und geizten mit ihrer Farbe. Anders die Ölkreiden. Anschmiegsam zogen sie über das Papier, druckgefügig mehr oder weniger Pigment abgebend. Doch die Farbe war von einer Dichte, einer Schwere, die in Felix' Gefühl für die Darstellung von Licht nicht geeignet war.

Der Vorteil der Tempera war, dass man jede Nuance mischen konnte, doch wieder war es die Dichte, die Felix störte. Er fand, dass sie die Farben stumpf machte, erblinden ließ. Von allem, was sich zufällig zu Hause fand, gefielen ihm die Aquarellfarben am besten. Je nach Zugabe von Wasser waren sie leuchtend oder ließen in fein abzustufender Transparenz mehr oder weniger Papierweiß durchscheinen.

Weiß war das absolute Leuchten, gebündelt aus der Farbkraft des gesamten Spektrums. In seinem Fall war es das Weiß des Untergrundes, des Papiers. Von diesem Weiß musste er ausgehen, konnte er sich hinunterarbeiten zu den abgestuften Helligkeiten der anderen Töne. Schade, dass kein ordentliches Aquarellpapier im Haus war. Er konnte nur probeweise Farbflächen anlegen auf ganz normalem Schreibpapier, das sich unter dem Nass des Pinsels wellte.

Margot blickte neugierig über seine Schulter:

„Du, hat das eine Ähnlichkeit mit dem, was wir heute gesehen haben - oder bilde ich mir das ein?“

„Ich würde gern versuchen, so was festzuhalten“, gestand Felix, „aber es ist kein anständiges Material zu Hause.“

Margot ermutigte ihn, zu besorgen, was er brauchte. Diese Zustimmung freute ihn. Doch gleichzeitig ging ein Stimmungswandel in ihm vor. Er war plötzlich mutlos und traurig, was nach dem schönen Nachmittag und dem Zuspruch eigentlich unverständlich war. Und doch kam es häufig vor, dass er von Himmelhoch Jauchzend in Zu Tode Betrübt stürzte. Er konnte sich oft selbst dabei zusehen, wie sein inneres Gleichgewicht kippte.

Was hatte das für einen Sinn, das Malen und alles Andere. Es war doch nur das Totschlagen der Zeit vor dem endgültigen Abgang, gleichgültig, wieviele Stunden oder Tage es waren.

Wozu sollte er jetzt etwas anfangen, sich hineinsteigern und so tun, als wäre er oder sein Tun von Bedeutung. Er war so wenig von Bedeutung für die Welt wie eine Ameise für ihn. Wahrscheinlich noch weniger, denn er nahm Ameisen wenigstens fallweise nachlässig zur Kenntnis, was das Schicksal mit ihm sicher nicht tat. Für dieses war nicht nur sein Leben bedeutungslos, sondern auch sein Sterben.

In dieser Einstellung unterschied sich Felix sehr von Margot, das wusste er. Margot war nicht gläubig im Sinne der herrschenden Kirche, auch gar nicht so erzogen, und doch wusste sie sich geliebt, bedeutsam und von der Welt gebraucht. Sie fühlte in sich und jedem anderen Menschen Wichtigkeit und war überzeugt, dass alles, was man erlebte, der persönlichen Weiterentwicklung diente. Seltsamer Weise waren glückliche Zeiten selbst für wache Menschen wenig ergiebig. Die Entwicklung vollzog sich leider nur durch Krisen und Schmerzen. Zurückblickend musste man noch froh sein, dass man diese Probleme überhaupt hatte erleben, dass man an ihnen hatte lernen dürfen. So war ihre Sichtweise.

Frauen. Sie waren eben anders, immer noch nicht zu verstehen, da konnte untersucht und geforscht werden, was wollte. Es blieb etwas Unergründliches, Geheimnisvolles, dunkel und undurchschaubar.

Er legte das Malzeug wieder weg. Auf die Pensionierung zuzugehen war ein schmerzhafter Lebensabschnitt. Die Zeit, in der man im Beruf mehr und mehr zum Ausschuss deklariert wurde und schließlich tatsächlich ausschied. Wenn er daran dachte, wie in seinem Freundeskreis alle die Fünfziger gefeiert hatten, mehr oder weniger aufwändige oder originelle Festivitäten. Man war zwar betroffen, wie schnell die Zeit vergangen war, aber noch in Jubelstimmung. Keiner hatte aber seinen Sechziger gefeiert, und auch er hatte absolut keine Lust dazu, hätte sich am liebsten verkrochen, totgestellt. Schlimm nur, wenn Margot sich wieder bemüßigt fühlte, ihn zu feiern. Das tat sie gern, nahm jede Gelegenheit wahr, für ihn Festlichkeiten zu veranstalten. Wahrscheinlich wollte sie ihn aufheitern, ihm seine Wichtigkeit beweisen. Und er musste wieder so tun, als wäre er lustig. Alle erwarteten immer, dass er sie unterhielt - ein Wurstel vom Dienst. Heute hatte man ja happy zu sein, sonst war man von vornherein daneben.

Da er das Schauspiel eines glücklichen Menschen aber bereits in der Agentur täglich acht Stunden zum besten gab, hatte er keine Kraft mehr für private Zugaben. Er war froh, dass er sich vor Margot selbst nicht ständig verstellen musste. Sie nahm ihn großteils an, wie er war. Nur einmal - er erinnerte sich vage - hatte es aus ihr herausgestoßen:

„O mein Gott, wenn ich doch einen gesunden Mann hätte. Einfach einen gesunden Mann - ohne Probleme..."

Felix war darüber sehr betroffen gewesen.

Es war wahr, dass er, der mit sich selbst nicht immer zurecht kam, auch ihr jede Menge Probleme bereitete oder sie in die seinen mit hineinzog. Zwiespältig wie er war, fühlte er sich verletzt und zurückgewiesen, gelobte innerlich gleichzeitig Besserung - und verdrängte beides, weil er keines davon durchhalten konnte. Vergessen war das Einfachste, umso mehr, als es Margot sofort sehr leid getan hatte, dass ihr dieser Hilferuf entfahren war. Dieses Gefühl hatte er zumindest gehabt. Jedenfalls war derartiges nie wieder vorgekommen. Sie war eine bewundernswerte Frau, eine starke Frau - für ihn und für die Familie.

Für sich selbst war sie nicht so stark. Auch sie litt unter dem älter Werden. Er beobachtete mit zärtlichem Mitgefühl ihre kleinen Eitelkeiten, wie sie auf ihre Haltung, ihre Kleidung oder Figur achtete. Aber wenn sie auch hundertmal besser aussah als Gleichaltrige: Den Wettlauf mit der Zeit konnte keiner gewinnen.

Trotzdem waren das alles nur unbedeutende Äußerlichkeiten, um die es weder ihr, das wusste er, noch ihm wirklich ging, so sehr man mitunter darunter litt. Die Wahrheit war: Jeder war allein, wenn es zum Einschwenken in die endgültige Zielgerade kam. Nun ging nach und nach alles verloren - Freunde, Gesundheit, Selbständigkeit... Man streifte alles wieder ab, was man im Leben erworben hatte, um bis aufs Minimum reduziert dorthin zurückzukehren, woher man gekommen war.

Er sah aus dem Fenster. Draußen zappelte ein greises Ehepaar vorbei. Ihre Schrittchen suchten sich ihren Weg, während die beiden Hand in Hand, er unterstützt durch einen Stock, vorwärts strebten. Hand in Hand vielleicht nicht aus Innigkeit, obwohl oft mit den Jahren mehr Verständnis und Zuneigung, mehr Wärme für den anderen erwuchs. Sondern aus Angst vor Einsamkeit und Ausweglosigkeit. Sie hielten sich gegenseitig fest, weil sie alle anderen verloren hatten, weil sie nichts mehr hatten als einander und ihre Panik vor der Zukunft. Selbst bei Paaren, die sich jahrelang gehasst hatten, blieb der Verwitwete in ehrlicher Trauer zurück, weil er sein Ein und Alles, den Mittelpunkt seiner Gefühle, verloren hatte.

Das waren die Tatsachen, mit denen man sich auseinandersetzen musste. Die heute mehr Tabu darstellten als früher der

Geschlechtsverkehr. Altern war geächtet, in die Heimlichtuerei gedrängt.

Dennoch kam jeder Mensch einmal so weit, dass er sich - mehr oder weniger widerwillig - mit seinem Ende beschäftigen musste. Felix tat dies seit seiner Kindheit, war er doch schon sehr jung an der dunklen Schwelle gestanden. Er war also geübt, ein Profi sozusagen in der Beziehung zu Sterben und Tod, und das war keineswegs dasselbe. Das eine war aktiv, eine Tätigkeit, ein Prozess. Das andere passiv, ein Ziel, ein Zustand.

Und was hatte Felix aus dieser Jahrzehnte langen Beziehung gelernt?

Nichts. Absolut nichts. Es war unsagbar traurig.

21

Gelbe oder grüngemusterte Servietten? Zum lackschwarzen Tischtuch passten beide. Es war erst vier Uhr vorbei, doch war der Tisch einmal gedeckt, konnte Margot einem Besuch viel ruhiger entgegensehen. Die Getränke waren schon im Kühlschrank untergebracht. Das war sicherer, als auf Felix zu warten.

Margot war vergnügt, sang vor sich hin. Das tägliche Kochen fand sie oft lästig, aber für Gäste trieb sie gern etwas Aufwand, ließ sich allerlei einfallen. Dabei war es diesmal nur eine kleine Einladung. Sepp und Henny kamen, die sie vor Jahren beim Segeln kennen gelernt hatten. Sie waren zu beständigen Freunden geworden, obwohl nun keiner von ihnen mehr segeln ging. Und auch Mario hatte zugesagt, der ehemalige Grafiker-Kollege, den Felix wegen seiner abgeklärten Fröhlichkeit bewunderte. Die Eingeladenen kannten einander bereits, man konnte sich auf eine entspannte Atmosphäre freuen. Felix war schon neugierig, wie es Mario in seiner neuen Stellung ging, gerade hatte er deshalb noch angerufen.

Margot schnitt, mischte, hackte, rührte, unterbrach dann, um ihr Haar mit ein paar Klipsen zu großen Locken zu stecken. So würde es nachher duftiger fallen. Sie warf einen Kontrollblick aufs Rohr. Es war heiß, sie konnte die Pfanne hineinschieben. Nun würde Felix bald kommen. Sie ließ im Wohnzimmer die Jalousien hinunter, zog sie dann aber wieder hinauf. Seit dem Ende der Sommerzeit und der Umstellung der Uhren auf normal waren die Tage plötzlich sehr viel kürzer geworden oder - um es positiv auszudrücken - die Abende länger. Für Gäste und auch für Felix war es wahrscheinlich schöner, schon von draußen hell erleuchtete Fenster zu sehen, die Wärme und Willkommen verhießen.

Zwischen den Tätigkeiten in der Küche und dem Wohnzimmerfenster hin- und herpendelnd versuchte Margot, auf die

Türglocke zu achten. Oder vielleicht würde er gar nicht läuten sondern gleich selber aufsperren. Mit dem frühen Heimkommen war es offenbar nichts. Sie hatte auf fünf Uhr gehofft, dann hätte er sich vor dem Besuch noch etwas hinlegen können. Nun war es sechs, da war nicht mehr viel Zeit zum Ruhen. Ob sie wohl in der Agentur anrufen sollte? Sie beantwortete sich die Frage gleich selbst mit nein, denn entweder - hoffentlich - war er schon auf dem Heimweg, oder es war irgendeine dringende Arbeit dazwischen gekommen, dann würde sie ihn nur nervös machen.

Nun, bis zum Eintreffen der Gäste war ja noch Zeit.

Zeit, die davontickte zwischen ihren unruhigen Blicken auf das Ziffernblatt. Jedesmal war es verblüffend viel später als vorher. Entgegen ihrem Willen, wahrscheinlich um wirklich alles versucht zu haben, wählten ihre Finger die Nummer der Agentur. Doch auf Felix' Klappe meldete sich niemand, und nach mehrmaligem Läuten schaltete der Apparat auf den Anrufbeantworter der Vermittlung. Mit dumpfer Leere im Magen legte sie auf. Das hätte sie sich wirklich sparen können.

Nun war sie sogar schon mit dem Essen fertig, alles war gerichtet, soweit man es vorbereiten konnte. Sie zog sich um und machte sich schön, lief dazwischen mehrmals nervös auf die Toilette, immer von der Angst begleitet, ausgerechnet jetzt würde er läuten und sie könne nicht sofort öffnen. Doch er läutete nicht.

Das bedrückende Gefühl, dass er gar nicht kommen würde, hatte sich eine Zeit lang verdrängen lassen. Nun musste sie sich ihm stellen. Wobei sie sich immer wieder selbst unterbrach, voll Hoffnung, dass Felix gleich, sofort, mit einer einzusehenden Erklärung eintreffen würde. Abgehetzt aber fröhlich, voll Vorfreude auf einen Abend mit Freunden, die schließlich mit Wissen und Zustimmung von ihm kamen. Denn nie, nie, nie würde es bei ihnen Gäste ohne sein ausdrückliches Einverständnis geben. Das war nicht nur allgemein unhöflich, es war bei Felix' seelischer Verfassung gar nicht möglich. Er duldete Besuch nur um sich, wenn er sich in einem Hoch befand. Doch gerade nun, wo er sich in der Agentur offensichtlich nicht wohlfühlte, fand Margot den Ausgleich mit Menschen wichtig, in deren Gesellschaft er wieder auflebte. Er hatte ja auch freudig zugestimmt.

Was ging wohl vor in ihm? Wie konnte er sie so im Stich lassen? Welche Ausrede sollte sie erfinden, was den Freunden sagen, die schließlich mit ihm rechneten, nicht zuletzt seinetwegen kamen? Sie hatten ihm absolut nichts getan, dass er sie so brüskierte. Es fiel ihr auch - fürchtete sie - von der Abwicklung her schwerer, alles zu bewältigen. Während sie in der Küche die Speisen fertigmachte oder holte, sollte doch jemand im Esszimmer mit den Gästen weiterreden, Getränke einschenken und so weiter. Felix war ein guter Unterhalter. Er konnte auf witzige Art erzählen und verstand es vor allem, durch geschickte Fragen oder Anspielungen die anderen zum Reden zu bringen. Das gab selbst schüchternen Personen mehr Selbstbewusstsein, und sie dankten es ihm, indem sie ihn für unnachahmlich charmant hielten. Margot war in dieser Hinsicht weniger geschickt. Sie verstand es zwar, über eine Vielzahl von Themen zu reden, aber beim leichten darüber hinweg Plaudern ging ihr bald die Luft aus.

Unglücklich versuchte sie durch die Pflanzen auf der Fensterbank einen möglichst weiträumigen Blick auf die Straße. Vor dem Haus kreuzte Herr Fischer mit seinem Hund, also war es nach sieben Uhr. Er ging immer so, dass er zu den Nachrichten vor dem Fernseher sitzen konnte, darauf konnte man sich verlassen. Ach wenn sie sich doch auch verlassen könnte. Verlassen - seltsames Wort mit zwei völlig gegensätzlichen Bedeutungen: Sie war..., daher konnte sie sich nicht... . Sie wischte die Überlegungen weg, denn es läutete.

Erschrecken und Freude gleichzeitig. Sie eilte zur Sprechanlage.

„Ja bitte?“

„Juuuhu! Wir sind daaa!“

Sie drückte auf den Öffner. Die Gäste kamen scherzend die Treppe herauf, sie waren vollzählig, hatten sich zufällig vor dem Haustor getroffen. Zellophangeraschel um Blumensträuße, Seidenpapier um eine Flasche Wein:

„Die hab ich Felix aus Spanien mitgebracht. Olé! Man anerkenne bitte die Schlepperei! Aber was tut man nicht alles für einen Freund...“

„Der Freund ist leider noch nicht da.“ Margot lächelte entschuldigend.

„Tja, das Agentur-Geschäft! Immer unvorhersehbar! - Na, er wird schon kommen!“

Margot geleitete die Gäste ins Wohnzimmer. Die üblichen Präliminarien des Warmwerdens, sprudelnd, gleichzeitig, in sozialisierender Hektik. Es hatte eine Ähnlichkeit mit Sekt-Eingießen, dieses Überschäumen, wenn mehrere Besucher gleichzeitig eintrafen. Später klärte sich alles, jeder hatte mit jedem Kontakt aufgenommen, man hatte angeknüpft, wo man bei der letzten Verabschiedung aufgehört hatte, der gute Wille zu einem harmonisch verlaufenden Abend war mit einem Lächeln im Gesicht unterstrichen, es wurde ruhig.

In diese Pause hinein sagte Margot:

„Felix wird wahrscheinlich nicht kommen. Er hat Probleme... Mit sich selbst.“

Sie sagte es nicht aus Überlegung oder weil ihr keine Ausrede einfiel, sie sagte es aus Hilflosigkeit.

Vorsichtig brach Mario das allgemeine Schweigen:

„Die hat wohl jeder manchmal...“

„Vielleicht möchte er heute einfach mal allein sein...“ mutmaßte Sepp verständnisvoll, und Henny nickte.

„Ja - aber ausgerechnet heute! Dabei hat er sich auf euren Besuch wirklich gefreut. Und dann - - ich weiß nicht... Es tut mir leid.“

Henny nahm Margot am Arm:

„Nun kränk dich nicht. Es kommt bei jedem vor, dass er mal Probleme hat. Und es ist immer zur falschen Zeit. Wir alle schicken ihm gute Gedanken. Und wir werden hier miteinander den Abend genießen, wie es geplant war."

„Ich mach das mit den Getränken." sagte Mario und machte sich geschäftig ans Werk, das half über solche Tiefpunkte hinweg. Das Gespräch kam langsam wieder in Gang und erholte sich, nachdem die Betroffenheit über das ungeschönte Bekenntnis abgeklungen war. Wenn es vielleicht auch nicht ein so unterhaltsamer Abend war, wie wenn Felix dabeigewesen wäre, so war es doch ein entspanntes, zum Teil fröhliches Beisammensein.

„Danke für euer Verständnis!" sagte Margot beim Abschied.

„Du wirst sehen, das nächste Mal ist Felix wieder mit von der Partie!" versicherten die Scheidenden.

Margot schloss die Tür hinter ihnen. So einfach war das auch wieder nicht.

Er fühlte sich ja ständig schuldig. Hatte natürlich auch fallweise Grund dazu, und verlangte instinktiv nach Buße, nach der sogenannten gerechten Strafe. Mit ihr musste die Rechnung beglichen werden, erst dann konnte man wieder aufblicken. Aber wie würde eine solche - wohlgemerkt selbstverordnete - Buße, Strafe, aussehen? Auf den aktuellen Fall umgelegt: Zurückweisen dieser Freunde, weil er ihnen nicht mehr ins Auge sehen könne. Er hatte sie ja brüskiert.

So strafte er aber nicht nur sich, sondern - weil er den Kontakt einfach abbrach - gleichzeitig die Freunde und auch Margot. Sie war sich nicht sicher: Tat er das unbewusst - oder sollten die anderen mitleiden? Vielleicht war es ähnlich wie bei schweren Rauchern, die ständig Zigaretten aufwarteten, oder Drogensüchtigen, die andere zu einem Joint animieren wollten, nur um nicht alleine dranzuhängen. Auch der Leidenssüchtige wollte vielleicht nicht alleine sein, deshalb sorgte er gern für Mit-Leid.

Es war schwierig mit Felix, würde wieder sehr auf ihre Verhaltensweise und ihre Interpretation ankommen. Gut war, dass er nicht durchgehend leidenssüchtig war, sondern - seinen Stimmungen ausgeliefert - fallweise. Auch mit dem Alkohol, der ihr so viele Schrecken bereitete, war es so: Er betrank sich ja nicht, weil er abhängig war - deshalb hatte sie auch immer wieder Hoffnung - , sondern weil die Verzweiflung ihn fallweise überwältigte. Wenn man ihn innerlich stabilisieren könnte, würden derartige Einflüsse viel weniger Auswirkungen haben.

Sie ging an die Aufräumungsarbeiten. Dieser Abend hätte Felix sicher besser getan als was immer er stattdessen gemacht hatte. Aber er hörte ja nicht auf sie. Hören - Gehör - Gehorsam. Immer diese Wortspielereien, eine lästige Begabung oder Gewohnheit, aber doch auch interessant beim Aufdecken von Zusammenhängen. Nein, Gehorsam würde es bei Felix nie geben, nur seine schwer vorhersagbare spontane Entscheidung.

Ihr fiel plötzlich ein, warum sich Felix nicht einordnen oder gesellschaftlichen Zwängen unterordnen wollte. Es hing vielleicht mit seiner Verschüttung im Krieg zusammen: Vollkommen eingeschlossen, Todesangst, keine Möglichkeit des Entkommens. Das wollte er nie wieder dulden, auch nicht bei den angenehmsten privaten Verpflichtungen. Er behielt sich die Möglichkeit jederzeitiger Flucht vor.

Dieses eine von Felix' prägenden Erlebnissen war ihr wenigstens bekannt. Auf seine Auswirkungen konnte auch sie sich irgendwie einen Reim machen, wenn es auch laienhafte, unqualifizierte Überlegungen waren. Sie musste sich ja alles selbst erarbeiten, ergrübeln, in den unzähligen Wartestunden. Es war ihre Wahrheit der Finsternis, wenn sie - so wie jetzt - im Bett liegend in die Dunkelheit hineindachte, während wechselnde Scheinwerferfinger über die Wand des Schlafzimmers tasteten. Autos, die vorbeifuhren oder anhielten, vielleicht ein Taxi? Der Schließmechanismus des Haustors, das Summen des Aufzugs.

Sie versuchte zu beten, das hieß für sie, sich zu konzentrieren im Wunschdenken an die, denen sie sich verbunden fühlte. Margot glaubte an die Kraft ihrer Wünsche und Gedanken - wenn sie sie hätte entsprechend bündeln können. Doch zu viel haspelte ihr durch den Kopf. Da war Felix' labile Verfassung; die Verhältnisse in der Agentur und ihre Auswirkungen auf sie beide; seine Aussichten für später; Matti, Inge und das kommende Kind; der arme unglückliche Manfred und seine abirrende Monika; die immer gebrechlicher werdende Mutter, von der man Doris einmal entlasten musste; ihre eigene berufliche Lage und ihr bevorstehender Ruhestand, bei dem sie nicht wusste, ob sie ihn fürchten oder herbeisehnen sollte und so weiter.

Es gab ja nie nur eine Schwierigkeit, sondern tausende. Und auf manche hatte man verzweifelt wenig Einfluss. Gern hätte Margot alle säuberlich auseinander geklaubt und geordnet behandelt - es ließ sich nicht machen. Schließlich hätte sie auch einmal über sich selbst nachdenken wollen, sollen, doch dabei war sie immer schon so müde, dass sie in Nebel geriet und über die Grenzen des Schlafes glitt.

Das Wichtigste jedenfalls war Felix. Sie würde versuchen, ihn in Gedanken gut nach Hause zu geleiten. Diesmal fürchtete sie sich nicht. Das Beisammensein mit Freunden, mit denen sie hatte reden können, tröstete, beruhigte sie. Sie dämmerte sogar ein wenig ein, bis sie gegen Morgen zu das übliche Schlüsselsperren hörte.

„Schön, dass du gut da bist." murmelte sie und tastete nach ihm, als er neben ihr ins Bett kroch. Er erwischte ihre Hand und küsste sie unbeholfen:

„Ich bin froh, dass ich dich habe, Engelchen."

Dann versank er tief atmend in den Dunkelheiten seiner verworrenen Träume, wohin sie ihm nicht folgen konnte.

Dass er hier war, in Sicherheit, war gut, änderte aber nichts an den vielfältigen Bedrängnissen, die sie so gern gelöst hätte.

„Die Brust schau ich mir noch an." sagte die Frauenärztin, nachdem sie Margot untersucht hatte, und machte sich an den Tastbefund. Ihren prüfenden Blick in Margots Gesicht, meinte sie:

„Sehr gut schauen Sie nicht aus..."

Sie bedeutete Margot sich anzuziehen und erwähnte nebenbei, dass alles in Ordnung sei.

Ohne es zu wollen, rannen Margot plötzlich die Tränen aus den Augen. Einfach so, ohne jedes Zutun.

„Manchmal glaub ich, ich schaffe es nicht, Frau Doktor. Es gibt nur Probleme, bei mir, mit meinem Mann, und wenn man sich in der Welt umsieht, wie die sich entwickelt - - Ich darf keinen Augenblick an die Zukunft denken, sonst verzweifle ich..."

Die Ärztin setzte sich und wies auf einen Stuhl für Margot.

„Tja in der Welt dürfen Sie sich nicht umsehen, die gibt berechtigten Grund für Depressionen. Und privat kommt einem oft auch viel zusammen." Sie erhöhte ihren Tonfall. „Mir brauchen Sie da nichts zu erzählen. Ich habe eben die Konsequenzen gezogen und mich von meinem Mann getrennt. - - Aber das löst auch nicht alle Probleme. - - Ich kann Ihnen nur einen Rat geben: Klammern Sie sich aus. Sie können das Leid der Welt nicht auf Ihrem Buckel austragen, nicht einmal Jesus hat das können. Da geht man nur kaputt, und der Welt ist trotzdem nicht geholfen."

„Das klingt aber ziemlich egoistisch..."

„Sie sehen das jetzt nur negativ, aber es ist die einzige Möglichkeit, um zu überleben. Scheuklappen rauf - und durch! Man darf die Schicksale anderer nicht zu seinem eigenen machen. Im übrigen ist Ihre seelische Wehleidigkeit auch hormonell bedingt. Sie sind eben im Wechsel, und das hat auch gravierende seelische Einflüsse. Ich schreib Ihnen etwas auf, das wird es Ihnen etwas

erleichtern. Aber trotzdem gilt: Scheuklappen anlegen! - - Ich kenne Sie doch seit Jahren als fröhlichen Menschen..." Sie verabschiedete sich mit aufmunterndem Händedruck.

Vogel-Strauß-Politik - das sollte die einzige Überlebensstrategie sein? Zwar - als Kind hatte man auch nicht auf die Probleme anderer geachtet. Man sah nicht weit, nur auf sich. Je älter man wurde, desto mehr weitete sich das Blickfeld. Diese Weit-Sicht brachte einem auch das Leid rundherum zu Bewusstsein. Hier die Achseln zucken, konnte doch nicht genug sein. Sollte sie nun, wenn sie schon sah, wie Manfred unter seiner zerbrechenden Ehe litt, als Mutter nicht mitfühlen sondern das ganze mit einem 'So ist das Leben.' abtun? Und gar bei Felix - aber den nahm sie dabei vollkommen aus. Felix war ihre Aufgabe in diesem Leben. Ein Aufgeben dieser Aufgabe hätte Margot als persönliche Bankrotterklärung angesehen.

Sie drehte sich von einer Bettseite auf die andere, hineingrübelnd in die gerade noch nächtliche Dunkelheit, die schon die Ahnung des Morgens in sich trug. Das Schlimmste am Altwerden war die Abwertung als Mensch. Kein Wunder, dass Felix davon so betroffen war. Auch Margot bekam davon in der Kanzlei zu spüren, obwohl sie viel mehr vom Geschäft verstand als die Neuen mit ihren druckfeuchten Magisterdekreten. Man wurde aus dem Leben wegverachtet, hinausverachtet, im günstigsten Fall übersehen. Mit dieser Haltung wurde gleichzeitig eine ganze Lebensphase diskriminiert, eine Phase, die aber jeder einzelne durchmachen musste. Die Krise - auch für die Jungen - war damit vorprogrammiert.

Die Menschen machten sich wirklich ihre Hölle selbst.

„Was man sich nicht selber macht, ist eben nicht ordentlich..." fiel Margot wieder eine Redensart ein.

22

Felix stellte zwei große Schachteln vor seinen Schrank, daneben zwei geräumige Papierkörbe. Bei C, B & Co wurde wieder umgesiedelt. Schlechter konnte es diesmal nicht werden. Vielleicht ergab sich sogar eine Verbesserung, denn der kalbsäugige Thomas hatte gekündigt, versuchte eine Karriere in einer neuen Kleinagentur. Seine Abwesenheit würde das Arbeitsklima zumindest in den Augen von Felix gewaltig verbessern. Insofern hatte Karl recht, wenn er meinte, der schnelle Personaldurchzug habe auch seine Vorteile.

Dazu kursierte das Gerücht, auch Susanne Redlich denke an eine Veränderung. Wieweit das wahr war, wollte Felix nicht erfragen. Zwei Dinge sprachen dafür: Der Austritt von ihrem kalbsäugigen Freund und Konrad Schreibers ständiges Hinuntermachen des Personals, worin er ihr allerdings unleugbar ähnlich war. Sicher hatte er sich anfangs ihr gegenüber zurückgehalten, aber das ging natürlich nicht ewig.

Der Kalbsäugige sollte nicht ersetzt werden. Dafür wurde - als Zuckerbrot für die Gepeitschten - das große Grafikatelier aufgelassen und die Grafiker in Zweier-Zimmern untergebracht, was ihnen ein Gefühl der Aufwertung geben sollte. Alu-Profile und Gipskarton-Wände machten derartige Umbauten im Handumdrehen möglich. Für eine Aufwertung durch Umzug hatte Felix nur mehr ein müdes Lächeln. Aber zugegeben: Am Anfang seiner Karriere hatte er solchen Mätzchen geglaubt. Er hatte als Junger auch angenommen, dass in die höchsten Positionen von Wirtschaft und Politik nur die fähigsten und untadeligsten Personen aufsteigen würden. Nun ja.

Den Kasten musste er diesmal ausräumen, der kam nicht mit in das neue Zimmer. Er würde mit Christine zusammensitzen, da sollte er acht geben und versuchen, sich von ihrer Unordnung abzugrenzen. Aber sonst war das so schlecht nicht. Sie lachte gern und oft und war sehr gesellig.

Wenn auch die Leute murrten, ein Vorteil häufigen Übersiedelns war, dass man seine Sachen sichten und aussortieren konnte. Dafür dienten die Papierkörbe. Die eine Schachtel war für den Transport ins neue Zimmer, die andere für Dinge bestimmt, die Felix nach Hause zu nehmen beschlossen hatte. Über die Jahre hatten sich auch persönliche Dinge angesammelt. Er hatte sie in Schreibtisch oder Schränken aufbewahrt, weil er in der Agentur mehr Zeit verbrachte als in der Wohnung. Dass sein Heimatgefühl mittler Weile gelitten hatte, war eine traurige Entwicklung. Er musste sich zurückziehen, verschiedene Taue kappen, die ihn hierher gebunden hatten, seinen Ankerplatz mehr nach Hause verlegen.

Dieses Auseinandersortieren von geschäftlichen Dingen und Privatsachen, die er nicht länger hier lassen wollte, bewegte ihn mehr als er zugeben wollte. Es kam ihm vor wie die Einleitung einer Scheidung, eine Gütertrennung nach vielen Jahren Ehe.

Das geschäftliche Material war umfangreich, aber ziemlich einfach zu schlichten. Da gab es die Vorzeige-Entwürfe. Dinge, die so gut waren, dass man sie immer wieder hervorzog und damit prahlte, egal, ob sie tatsächlich veröffentlicht worden waren oder nicht. - Dann die auf Kundenwunsch tatsächlich durchgeführte Werbung. Die begeisterte einen schon nicht mehr so uneingeschränkt. Davon konnte man im Grunde alles vernichten, was älter als zwei Jahre war. - Und dann gab es Arbeitsunterlagen, die man sammelte und archivierte, um sie bei Bedarf zur Hand zu haben, also Bilder aus Zeitungen, witzige Schnappschüsse, Fotos von Models und komischen Typen, appetitliche Nahrungsmittelaufnahmen oder beneidenswert gute Werbung der Konkurrenz.

In einer Mappe, die sich an der Rückwand des Rollladens verklemmt hatte, fand Felix Plakatentwürfe für ein Waschmittel, weiße Tücher im Wind, von der Sonne durchstrahlt. Er kannte die Marke, sie war nicht aus dieser Agentur. Flott hingemalt waren die Sujets, hinreißend in ihrer Einfachheit. Es war wohl schon eine Zeit her, dass die Bilder entstanden waren, denn heute malte man nicht mehr.

Es dauerte eine Weile, bis er daraufkam, dass die Entwürfe von ihm selbst stammten, lange vor seiner C, B & Co-Zeit. Als er es erkannte, nahm er sie nochmals vor und studierte sie, wie von einem fremden Menschen. Und er war dem Maler dieser Entwürfe auch fremd, wenn man bedachte, dass man sich alle sieben Jahre vollkommen erneuerte. Aufmerksam und betroffen suchte er in den Bildern dieses ihm Unbekannten sich selbst. Es war wie mit alten Fotos oder mit Briefen, die man seinerzeit an die Eltern gesandt hatte: Man wusste, man hatte sie geschrieben - und doch las man sie mit Verwunderung wie ein Fremder.

Wie alt mochte er damals gewesen sein? Fünfundzwanzig, dreißig? Aus den Bildern sprach trotz allem vorher Erlebten Mut und Zuversicht. Da war noch keine Spur von den vielen darüber gelagerten, das Strahlen trübenden Jahren. Damals - das waren die Tage, wo man von Zukunft umzingelt war. Man war verliebt, Kinder kamen, die Eltern lebten noch, Geschwister, Freunde, Kollegen... Das Leben schwappte über, man wusste es gar nicht unterzubringen in seiner Fülle. Und später: Für die Kinder war man unwichtig geworden, die Eltern starben weg, dann die Freunde und Schulkollegen. Es war nur eine Frage der Zeit, bis man alleine war in einer Wüste voll mit Menschen.

Schon wieder düstere Gedanken. Wie war es nur möglich, dass er seelisch so abgebaut hatte? Oder waren es Narbenschmerzen, die sich mit jedem Jahr mehr bemerkbar machten? Da war nicht nur sein Bein, dessen beim Gehen kaum sichtbare Verkürzung seine Spuren im Hüftgelenk hinterließ und an dessen Narben er jeden Wetterumschwung vorhersagen konnte. Da war auch seine Seele, deren Verletzungen im schäumenden Strudel der Jahre überwunden schienen, umso mehr, als ständig neue Wunden ablenkend dazukamen. Nun, da die Wasser des Lebens ruhiger wurden, stieg oft das Unbewältigte wieder hoch, überhaupt nachts in den Träumen, gährend, in riesigen Blasen.

Er stand angestellt in einer Schlange. Langsam nur rückte er vor, immer wieder wurde er zurückgesetzt. Andere, Jüngere, kamen vor ihm, er wurde abgedrängt, obwohl er sich verzweifelt vorzuarbeiten versuchte. Inzwischen wurde es immer später, vielleicht erreichte er nichts mehr, es wurde auch schon dunkel. Er blickte auf die Uhr, sie hing am nachtschwarzen Himmel, leuchtend. Es war Voll-Uhr, zu spät also. Die anderen waren verschwunden. Nur seine beiden Söhne gingen vor ihm, sie strebten von ihm weg, waren schon weit. Trotzdem konnte er sehen - und das verwunderte ihn - sie waren beide schwanger, trugen Rucksäcke als dicke Bäuche vor sich her. Er blieb stehen, überwältigt von unendlicher Traurigkeit: Sie gingen schwanger mit ihrem eigenen Schicksal, jeder in seine Richtung, allein.

Er wollte weinen, wenigstens nach Margot rufen, doch da waren Zwerge um ihn. Riesige Zwerge in Hallen aus Stein. Sie schienen ihn nicht zu bemerken, so klein war er. So unwichtig, dass selbst die Zwerge über ihn hinweg gingen. Er schöpfte Hoffnung. Vielleicht war es gut, dass er so unbedeutend war. Vielleicht konnte er sich durchschwindeln. Die Zwerge mit ihren roten Gartenzwergmützen gingen gemessenen Schrittes durch die Hallen. Sie hatten Uniformen an und plötzlich begannen sie durch die Öffnungen ihrer Steinbunker nach draußen zu schießen. Tumult war hörbar wie Donner. Die Höhle stürzte in sich zusammen.

Felix fand sich am Fuß einer Felswand, begraben von einem Felssturz, im Dunkeln. Doch Licht fiel über die Brocken wie Wasser, ein Wasserfall aus Licht. Er konnte sich befreien und stand vor einem Tor. Das Tor hatte ein Türblatt aus grauem Stein, billigem Kunststein, denn es war Krieg, man konnte sich nichts anderes leisten. Auf dem Stein war ein Name eingemeisselt, doch so sehr er sich auch bemühte, Felix konnte ihn nicht entziffern. War es sein eigener? Oder - viel schrecklicher - von jemandem aus der Familie? Angst. Da lag eine rote Zwergenmütze um, Felix stieß sie mit dem Fuß beiseite, er verletzte sich an einem übergroßen Eisernen Kreuz erster Klasse. Unzählige blecherne Medaillen und Auszeichnungen lagen da in ihrer Sinnlosigkeit. Ein Haufen, den Felix kaum überklettern konnte. Er verletzte sich dabei das Bein, es schmerzte sehr, doch sein Blick eilte ihm voraus in einen sterilen, hellen Raum: Eine Figur lag hier aufgebahrt in einem gläsernen Sarg. Es war nicht Schneewittchen, sondern Frau Walenta mit ihrer großen Schürze.

Felix war zutiefst betroffen. Da hörte er ein Schluchzen. Er blickte auf. Entfernt in dem großen leeren Raum stand ein weiß gekleideter alter Mann, offensichtlich der Operateur oder Arzt.

Es war der Liebe Gott. Er wischte sich mit einem Zipfel des Operationsmantels die Tränen aus den Augen.

„Mich lässt man ganz allein...“ stammelte er.

Fast jede Nacht war Felix bedrückenden Träumen ausgeliefert. Margot sagte, sie träume selten, zumindest war es ihr selten bewusst.

Doch jeder trug an seinem Leben, die Körpersprache verriet es. Da war der Urologe im Nebenhaus. Er hatte seine Praxis eröffnet um die Zeit als Margot und Felix in die Wohnung gezogen waren, ein drahtiger Mann mit weit ausholendem Schritt und lebhaftem Blick. Inzwischen waren sie nebeneinander älter geworden. Noch immer ging der Arzt jeden Tag in seine Praxis. Er war nun doppelt so stark wie vor Jahren. Sein Schritt - etwas bedächtiger - war immer noch weit ausholend. Doch nahm er das Bein jedesmal ein klein wenig zurück, als würde er sich sonst zu weit vorwagen. Sein Kopf bewegte sich nicht mehr interessiert hin und her. Er war nach vorn gesunken, das Gesichtsfeld eingeengt auf den Gehsteig, der Blick nach innen gerichtet.

Felix hätte viele solche Beispiele aufzählen können. Mit seinem geschulten Blick und seiner visuellen Begabung konnte er bei einem alten Menschen unter den vielen Farbschichten seines Lebens das unbefleckte Kinderantlitz freilegen oder sich ausmalen, wie ein Teenager in vierzig Jahren aussehen würde. Gegen diese Vorstellungen konnte er ebensowenig tun wie Margot gegen ihre ewigen Sprüche.

Über diesen Vergleich musste er schmunzeln. Doch seine Fähigkeit, sich Leute in verschiedenen Altern vorzustellen, führte ihm etwas vor Augen, wogegen er sich in seinem Inneren eigentlich wehrte: dass alle in ständiger Entwicklung begriffen waren, sein mussten. Und wenn man sich nicht selbst - freiwillig - weiterentwickelte, so wurde man entwickelt, da gab es kein Sträuben. Das Schicksal wendete Gewalt an. Es war kein Wunder, dass man oft wünschte, das Große Tor würde endgültig ins Schloss fallen und damit allem ein Ende machen.

Er selbst hatte schon alle möglichen Todesarten für sich überlegt, allein in den Kerkern seiner Düsternis, aber auch im Gespräch - war es der Wunsch, dass sie mitleiden sollte, ein Hilferuf oder simple Geschwätzigkeit? - mit der entsetzten Margot, die ihn dann Hände ringend bat, doch an die Kinder zu denken. Einmal, als sie nicht in einer akuten Phase sondern mit einigem Abstand darüber sprachen, wunderte sich Margot, warum gerade die, die den Tod am meisten fürchteten, am ehesten zu Selbstmord neigten:

„Wenn du vor dem Tod solche Angst hast, warum willst du dich ihm dann vorzeitig in die Arme werfen? Logisch wäre doch, so lang wie möglich leben zu wollen und alles zu tun, damit man seelisch und körperlich gesund bleibt.“

Typisch Margot. Sie dachte so vernünftig. Wenn er sich ihre Überlegungen anhörte, konnte er sich ihnen nicht entziehen. Sie belegten ihn mit einem Bann, als wären sie Magie.

Die Magie der Vernunft - er weidete sich an dem herbsüßen Zauber dieses Ausdrucks, er erinnerte an Bitterschokolade. Lange hielt der Zauber aber nicht an bei ihm, dann wurde er bereits wieder unterlaufen von sich sträubenden Gedankengängen, die seiner eigenen Logik folgten und ihm den Boden unter den Füßen wegzogen. Deshalb klammerte er sich oft an Margots Vernunft und sabotierte sie gleichzeitig.

Seine Überlegung war ja nicht, um jeden Preis mit dem Leben, sondern selbst um den Preis des Lebens mit der Todesangst abzuschließen.

Warum nur geleitete ihn die klirrende Stimme der Angst? Warum konnte er nicht einfach in den Tag hineinleben und genießen - oder war das nur den ganz Blöden vergönnt? Hieß es deswegen: Selig sind die Armen im Geiste? - Er knallte seine alten Waschmittelplakate samt Mappe auf den Tisch.

„Is was?“ fragte Karl Jekowsky, der bei der offenen Tür vorbeiging. Neugierig schaute er herein. Felix lachte zornig.

„Nichts. Ich werfe nur mit alten Waschmittelplakaten.“

„Waschmittel! Mein Lieblingsgeschäft! Bitte bringt mir Waschmittelkunden!“ kreischte Karl begeistert, und dann abgesetzt: „...die können wenigstens zahlen...“

„Das ist dann, was man Schmerzensgeld nennt.“ nickte Felix.

„Was ist mit einem Bier am Abend?“

„OK. Ich muss nur noch drüben einräumen, ich meine notdürftig wenigstens, und dann ein paar Kassetten mit Dias durchsehen. Aber dann gern. Sagen wir halb sechs, sechs?“

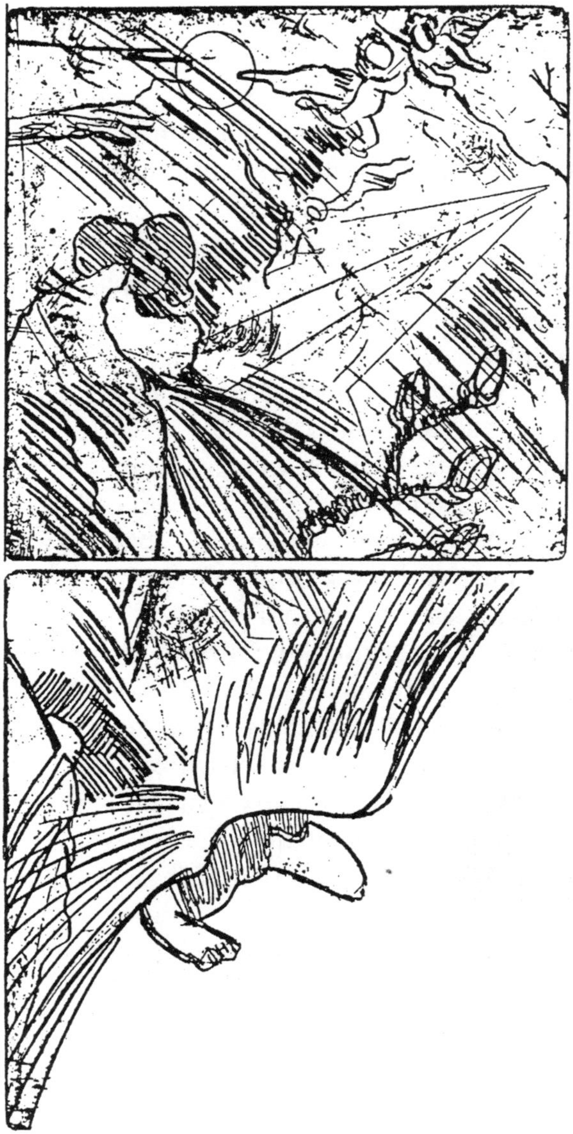

23

Felix legte die alte Mappe obenauf zu den Dingen, die er nach Hause nehmen würde. Er war nur mehr ein einfacher Mitarbeiter. Ein „Untergebener", das musste er schlucken. Schluss war damit, dass er einbezogen war in Planung und Entscheidungsfindung, dass er mitbestimmte. Schluss mit dem ganzen Balsam einer verantwortungsvollen Position. Es war nicht leicht, damit fertig zu werden. Das coole „Schau-gehen" war schließlich nur äußerlich.

Abhärten. Man müsste sich abhärten, innerlich, doch war es ihm bisher noch nicht gelungen. Margot, der er diese Erfolglosigkeit einmal gestand, umarmte und küsste ihn.

„Ich bin gar nicht sicher, ob ich dich dann noch lieb haben könnte."

An sich fand Felix das Schau-gehen gut. Schlecht war, dass es nur Fassade war, notdürftig gepölzt sozusagen, und das Gebäude dahinter brach zusammen. Er sollte versuchen, seine Darstellung auf „Schau-leben" auszudehnen, in sein Inneres hinein. Da gab es diesen alten Trick für Morgenmuffel: Man grinste so lange in den Spiegel, bis man über sich selbst lachen musste. Tatsächlich hatte er damit einmal Erfolg gehabt. Vielleicht konnte man sich persönlich austricksen und sich so lange ein prima Schau-leben vorspielen, bis man selber daran glaubte. Bis echtes Leben daraus würde.

Im Radio eierte eine alte Knef-Platte: „Das kann doch nicht alles gewesen sein..."

Nein, das konnte nicht alles gewesen sein. Da musste doch noch etwas auf ihn, Felix, warten, irgendetwas, geheimnisvoll noch im Verborgenen, das sich ihm enthüllen würde.

Die Kreissäge kreischte auf und ging in ein langgezogenes Heulen über. Als das Brett in zwei Teile fiel, blieb sie mit einem winzigen Seufzer stehen.

Staub. Alles war voll Staub und sah daher unordentlich aus. Felix war irritiert. So zu arbeiten war er nicht gewohnt. Er kam sich auch irgendwie unpassend vor, wie er hier stand zwischen staubigen Bretterbergen, sauber gekleidet und mit einer glänzenden schwarzen Holzplatte in der Hand. Ob er hier richtig war?

Der Tischler kam hinter der Kreissäge hervor und wischte sich das Sägemehl von Augenbrauen und Wimpern.

„Bitte?"

Er war ein junger Mann, viel jünger als Felix - zu dessen Überraschung, der von Handwerkern immer das Gefühl hatte, ein „Meister" müsse älter sein als er. Die Tischlerei hatte er im Telefonbuch herausgesucht, weil sie in der Nähe der Wohnung lag. Nun war er nicht sicher, ob er hier gut bedient würde.

„Äh - - Wir haben ein neues Telefon bekommen, Sie wissen schon, so eines mit Fax und allem Möglichen. Das ist viel größer als unser altes, und nun brauchen wir an Stelle von dieser Ablage ein neues, größeres Brett. Aber in dieser Ausführung, wenn es geht." Er streckte sein Muster vor, bei dem noch ein paar Schrauben wegstanden.

„Eiche, schwarz, neunzehn Millimeter." sagte der Tischler.

„Es geht vor allem auch um die Montage, da müsste ich Sie dann bitten. Denn es soll unsichtbar montiert sein, und man kommt nirgends dazu."

„Kein Problem. Sagen Sie mir nur die gewünschten Maße." Der Tischler grub in einer Lade nach einem Stück Papier. Das alte Brett könne Felix ruhig wieder mitnehmen, er habe alles notiert.

Felix legte das Brett schnell auf einen dick verstaubten Stapel und suchte eilig nach einem Taschentuch. Das Sägemehl reizte ihn zum Niesen.

„Vorsicht!" rief der Tischler. Er machte einen Satz vorwärts und riss das Brett hoch. Wieder ruhig, entschuldigte er sein Verhalten:

„Da sind Schrauben dran. Dass sie mir keinen Kratzer machen!“

Felix nahm sein Muster mit einer mitleidigen Gebärde zurück. Sollte er sich womöglich entschuldigen? Das war doch eher an dem Tischler, da sein sauberes Brett nun ganz voll war mit dem Holzstaub, der alles bedeckte wie Vulkanasche nach einem Ausbruch.

Der Tischler strich über die Stelle, die Felix beinahe verletzt hätte, und entblößte unter dem Sägemehl die glatte glänzende Oberfläche von poliertem Wurzelholz.

Felix trat vor Schreck einen Schritt zurück. Hier war ganz offensichtlich etwas sehr Wertvolles verborgen. Wenn er das verletzt oder zerkratzt hätte in seiner Unwissenheit - wer weiß, wieviel ihn das gekostet hätte. Hoffentlich war wirklich nichts passiert, das wäre ja äußerst peinlich.

Aber der Meister machte keine vorwurfsvollen Aussagen, sondern weidete sich an dem Glanz des honighellen Holzes mit seiner vielfach gewundenen Wurzelmaserung. Felix konnte nicht anders als es ihm gleichtun. Der seidige Glanz, der goldene Farbton, die rundliche Zeichnung der Wurzelstruktur strömten eine überraschende Erotik aus, die zum Berühren, zum Streicheln verführte. Die schimmernde Nacktheit des bearbeiteten Holzes stach so verblüffend aus der Farblosigkeit des Sägemehls heraus, dass selbst dieses nicht mehr wie eine Ablagerung, sondern wie eine zärtliche Schutzdecke wirkte.

„Mit der Hand politiert! Das macht Ihnen heute praktisch niemand mehr...“ sagte der Tischler mehr zum Holz als zu seinem Besucher.

„Was ist es denn?“ fragte Felix ehrfürchtig.

„Es sind diverse Möbel. Eine Bestellung - nach meinen Entwürfen.“

„Darf ich - etwas davon sehen?“

Der junge Mann ging ihm voran in einen offenen Nebenraum.

Staub auch hier, aber nicht so dick, auf Schränken und Kommoden in verschiedenen Größen. Sie alle waren im Korpus aus dem hellen Wurzelholz und dann - je nach Modell - mit leuchtendblauen Leisten und manchmal auch größeren Flächen gegliedert oder verziert. Eine Kollektion von ausgewählter Schönheit.

Felix blickte auf sein altes Telefonbrett und kam sich wegen der Banalität seines Auftrags schäbig vor. Der Tischler hatte es vielleicht bemerkt, jedenfalls versicherte er:

„Ich mache Ihnen das, keine Sorge. Sie müssen nur Geduld haben, denn bei den Möbeln hab ich Termine."

Felix ging und hatte nur ein Bild vor Augen: Hand wischt Sägemehldecke von poliertem Wurzelholz.

Die Enthüllung in der Werkstatt war für ihn der Inbegriff des Geheimnisvollen geworden. Es musste noch andere solche Enthüllungen geben, das Schicksal hatte vielleicht noch etwas für ihn bereit. Möglicher Weise nicht so spektakulär, aber dafür nicht nur ein einzelnes Symbol, sondern vielleicht eine Idee, eine Entwicklung, eine Zukunft.

?. Dieser Begriff war ihm passiert, in seine Gedanken hineingerutscht. An die Zukunft zu denken war nicht gerade seine Stärke. Aber sollte er es nicht vermehrt tun? Da war auch das bereits strampelnde Wesen in Inges Bauch, das einen Großvater brauchen konnte. Das daher auf ihn angewiesen war, Inge selbst hatte nur mehr ihre Mutter.

Der Gedanke, dass er von jemandem, den er noch gar nicht kannte, gebraucht wurde, erfüllte ihn mit vorsichtiger Wichtigkeit. Angeregt brachte er seine Sachen im neuen Zimmer unter und setzte sich mit drei Schachteln Dias in den Vorführraum, um die brauchbarsten für das Urlaubsflugblatt eines Reisebüros herauszusuchen.

Ferienbilder. Sie zeigten das, was er liebte: Sonne, Licht, helle, goldene Landschaft. Er versenkte sich in sie und verdrängte, dass es hier, Mitte Dezember, schon lange dunkel war, nur künstliches Licht künstliches Tätigsein ermöglichte. Nein, er durfte nicht wieder sentimental werden, musste die zähflüssig aufsteigende, zu Anfang süßliche Traurigkeit abschütteln, bevor sie ihn niederklebte und in Bitterkeit umschlug, plötzlich und heimtückisch. All diese Wärme, dieses Licht, war nun eben auf der anderen Seite der Erdkugel und würde in verlässlichem Rhythmus hierher zurückwechseln wie seit ewigen Zeiten.

Inzwischen musste er sich behelfen. Und das konnte er vielleicht, wie ihm schon durch den Kopf gegangen war: Er würde sich das Licht malen. Nach dem Rezept Morgenmuffel würde er so lange das Strahlen malen, bis es in sein Innerstes vordrang. Er würde es wenigstens versuchen. Und wenn seine Bemühungen am Anfang nicht perfekt waren, so würde es mit der Zeit, mit dem Üben, immer besser werden. Schließlich hatte er einmal Malen gelernt.

Aber das war vorgegriffen. Im Augenblick ging es nicht um Techniken oder Stile oder Perfektion. Es ging um Notwehr. Vielleicht konnte er sich freimalen von der Dunkelheit unter dem Schutt seines Lebens. Vielleicht würde sich seine Seele aufwärts treiben lassen, höher und höher, wie ein federleichter Drachen. Oder wie ein Bussard, der im Licht kreiste, im unendlichen Blau, von unten kaum mehr wahrzunehmen, der nur zur Nahrungsaufnahme und zum Schlafen herunterkam.

„Engelchen!“ rief er schon aus dem Vorzimmer, als er, später als vorgehabt, von dem Bier mit Karl nach Hause kam. „Engelchen - spät ist es geworden, aber jetzt bin ich da!“

Er zog die Schuhe aus und ging sich die Hände waschen.

„Haben wir eigentlich noch irgendwo ein Reißbrett?“

„Ein - was?“ fragte sie schlaftrunken aus den Polstern heraus.

„Ein Reißbrett, wo man Papier aufspannen kann. Vielleicht ist von den Buben noch eines hier, vom Geometrie-Unterricht?“

Es stellte sich heraus, dass man das einmal gehabte Reißbrett nach Bedarfsende an einen nachwachsenden Verwandten verschenkt hatte.

„Macht nichts“, brummte Felix, bereits in Einschlafstellung. „Werd ich mir eben eines besorgen.“

Am nächsten Tag rief er Margot von der Agentur aus an und bat sie, ihn abends mit dem Auto abzuholen.

Es war ein mieser Tag gewesen, erschöpfend durch Zeitdruck und unbefriedigend durch interne Querelen. Um all dem zu entkommen, war Felix mittags statt mit den anderen zum Essen allein in die Innenstadt geeilt. Er wollte sich beim Ebeseder, dem Fachgeschäft für Mal- und Zeichenbedarf, ein bisschen umsehen. In der Abteilung für künstlerische Requisiten kannte er durch seine geschäftlichen Kontakte die Frau Trude. Nachnamen wusste er nicht.

„Düsterer Tag heute, nicht wahr?“

„Kein Wunder, Wintersonnenwende.“ antwortete sie. „Aber das gibt ja auch Hoffnung: Ab jetzt geht's wieder aufwärts!“

Er ließ sich verschiedene Qualitäten von Aquarellpapier und Farben zeigen, wählte ein Reißbrett, holte ihren Rat zu Pinseln ein und verließ das Geschäft mit einem umfangreichen Paket und einer Menge Tips.

Die Frau war Gold wert. Vieles hatte er seinerzeit gelernt, doch über seinem Wissen hatte sich der Staub der Jahre abgesetzt, war verkrustet. Er musste aufgebrochen und entfernt werden. Felix ertappte sich dabei, dass er erregt war. Das amüsierte ihn. Gefühle hatte er unter der erstickenden Decke seiner Hoffnungslosigkeit bereits für abgestorben gehalten. Ein Bild ging ihm durch den Kopf: Gras-Keimling durchstößt Asphaltdecke. Er hatte es einmal für die Anzeige einer Chemiefirma verwendet. Für ihn schien es nun von starker Symbolik.

Als Margot vorfuhr, wartete Felix bereits vor dem Bürohaus. Er hatte das Paket und die große Schachtel bei sich. Dass er schon heraußen stand, erwies sich als günstig, denn sie musste in zweiter Spur halten, schaltete die Warnblinkanlage ein. Felix verstaute seine Last, sprang ins Auto.

„Danke fürs Holen, Engelchen. Mit dem Zeug hätte ich mich in der U-Bahn schwer getan."

„Kein Problem!" Sie nahm diese Fahrten gern auf sich. Wenn sie ihn holte, brauchte sie sich wenigstens keine Sorgen um ihn zu machen.

Zu Hause brachte er die Sachen in das kleine Zimmer, das, seit die Kinder ausgezogen waren, als Arbeitszimmer genutzt wurde.

Die große Schachtel wollte Felix ein anderes Mal ausräumen. Er musste erst überlegen, wo er den Inhalt unterbringen konnte. Das Paket legte er auf den Schreibtisch. Unschlüssig verharrte er davor. Margot stand im Vorzimmer und beobachte, dass er seinen Körper ein wenig wegdrehte - wie um zu fliehen oder es wenigstens zu können, oder um die geringe Bedeutung der Szene hervorzukehren. Dann griff er zu und riss die Verpackung auf.

Margot ging in die Küche. Ihr Herz klopfte.

„Wie ist es mit dem Nachtmahl? Bist du schon hungrig?" rief sie, als wäre nichts.

„Jetzt nicht, danke, die Gudrun hat mir was geholt. Ich brauch jetzt ein bisschen Ruhe, ich muss denken."

Margot fühlte, dass es ihm diesmal gut ging. 'Nur nicht gleich zu viel erwarten.' hielt sie ihre Hoffnung in Grenzen. 'Aber jeder gute Tag ist eine Hilfe, vielleicht ein Schritt aufwärts, selbst wenn es langsam geht und mit Unterbrechungen.' Sie widmete sich ihrer eigenen Arbeit.

Felix strich mit der Hand über das Papier. Es war weiß, unschuldig und herausfordernd. Da war die glatte Seite - mattseidig, die Poren geschlossen - die die Farbe nicht so willig aufnehmen würde. Seine Hand fühlte es. Da war die raue Seite, sanft und samtig, saugwillig. Er spürte es bis tief in sich hinein, als er darüberstrich. Hand wischt Sägemehldecke von poliertem Wurzelholz. Eine Hoffnung. Eine Aufgabe?

Er holte mehrere Becher Wasser und was er sonst noch zu benötigen meinte, dann schloss er die Tür hinter sich und rückte hinter den Schreibtisch, vor sich das Reißbrett. Mit einer gewissen Ehrfurcht griff er nach einem Blatt, das im wahrsten Sinn des Wortes noch unbeschrieben war. Frei von Schuld, bis das Leben seine Zeichen darauf hinterließ, wie auch beim Menschen. Zeichen, die nicht mehr zu tilgen waren.

Der Pinsel, satt von fast tropfender Farbe, berührte das Papier, das sich unter dem Wasser wie betroffen zusammenzog und krümmte, ein Eindruck, den Felix fast körperlich zu spüren glaubte. Betroffenheit - nur daraus konnte etwas leidenschaftlich Gutes entstehen, oberflächlich färbeln war nicht genug. Es war auch diese intensive sinnliche Beziehung zwischen Maler und Werkstoff, die ihn faszinierte.

Ein Blatt nach dem anderen nahm Felix in Arbeit. Er musste erst einmal ins Gefühl bekommen, wieviel Wasser er brauchte, um die Schattierungen mehr oder weniger ineinanderrinnen zu lassen oder von einander abzugrenzen. Manchmal zeichnete er sich seine Vorstellung ein wenig vor. Oft setzte er gleich den getränkten Pinsel auf das Papier, auslotend, ob die raue oder glatte Seite sich ihm williger hingab. Es waren alles nur Versuche, anfangs ohne jedes Thema, viele davon zerknüllt in oder neben dem Papierkorb. Später konnte man erkennen, dass er sich um Himmelsdarstellungen bemühte, Wolkenformationen und Sonnen. Er war wie in Trance, fühlte weder Erschöpfung noch Hunger.

Wie spät es geworden war, kam ihm erst zu Bewusstsein, als Margot verhalten an die Tür klopfte.

„Entschuldige, Felix, ich will dir nur sagen: Ich gehe jetzt schlafen. In der Küche ist Essen für dich gerichtet. - Und - lass es nicht allzu spät werden..."

Er war auf einmal wie ausgepumpt.

Das letzte Blatt war ganz gut geworden, empfand er. Doch konnte er, müde wie er war, das überhaupt noch beurteilen?

„Willst du nicht schauen, was ich gemacht habe?" fragte er schüchtern.

Margot trat hinter ihn. Aufgeregt verharrte er, was sie sagen würde.

Aus düsterer, bedrohlicher Umwolkung und zartfarbig ineinanderspielenden Rändern strahlte das Weiß des Lichtes heraus mit der Kraft der Sonne.

„Es wird Licht." sagte sie heiser und schluckte. „Licht."